雷加家书

刘甘栗 编

文化艺术出版社
Culture and Art Publishing House

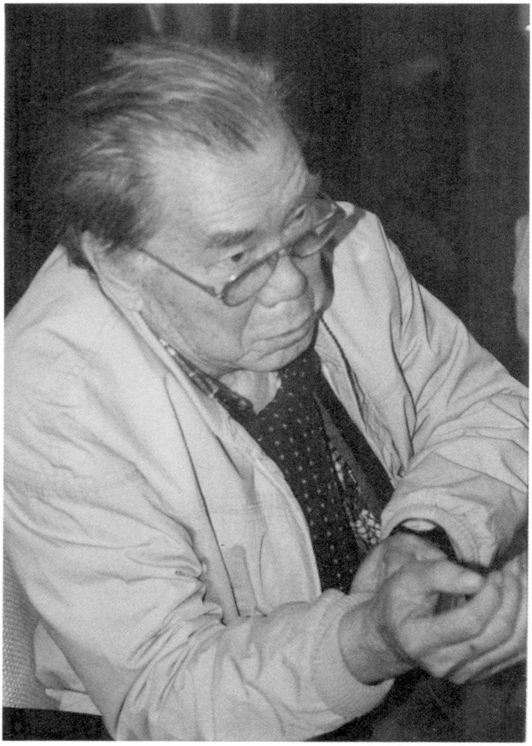

雷加（1915—2009）

作者介绍

出生于辽宁省安东市（今辽宁丹东）三道浪头镇。早年就读于东北冯庸大学中学部，“九一八”后流亡关内，参加过“一·二八”淞沪抗战。1938 年到延安，活跃于延安、前线和根据地农村，著有大量抗战作品。抗战期间，曾任延安文协秘书长，延安文艺界抗敌协会理事。东北光复后，在丹东做了五年造纸厂厂长，成绩突出。全国解放后，归队从事文学创作，历任北京作家协会副主席，全国文联委员，中国作家协会第三、第四届理事，中国作家协会顾问、名誉委员等。主要作品有长篇小说《潜力》三部曲：《春天来到了鸭绿江》《站在最前列》《蓝色的青㭎林》，散文特写《五月的鲜花》《半月随笔》《从冰斗到大川》《火烧林》《南来雁》《边城和人》《沙的游戏》《我属于这条大河》《延安世纪行》等。《半月随笔二集》曾获首届鲁迅文学奖。从事文学事业七十余载，笔耕不辍。

在雷加百年诞辰纪念座谈会上的讲话

（代序）

中国作家协会主席 铁凝

今天，我们在这里隆重举行雷加百年诞辰纪念座谈会，深切怀念著名作家雷加先生，向这位革命文艺前辈、新中国工业题材文学的开拓者致以崇高的敬意。在此，我谨代表中国作家协会向各位与会的专家、学者、作家表示衷心的感谢，向雷加先生的亲属和友人表示诚挚的问候！

一百年前，雷加先生出生于辽宁安东市的三道浪头镇。

回望他的一生，让人油然而生感佩之情。他和同时代的那批令人景仰的作家们一起，承担起时代和人民的重托，成为中国革命、建设和改革开放波澜壮阔的历史进程的参与者、见证者和记录者，为我们留下了一份珍贵而丰富的文学遗产。

2015年1月28日，雷加百年诞辰纪念座谈会

雷加先生毕生都深深眷恋着故乡的河流，那就是他生于斯又归于斯的鸭绿江。鸭绿江的“清澈和深邃”，鸭绿江“让人心胸荡漾”的“绿得透心的美”，一直牵动着作家的记忆和乡愁。然而，我相信，在雷加先生的心中，还汩汩流淌着另一条大河，那就是生活，生活是一条滋养作家的永不枯竭的河流，正是“与生活同在”的执着信念让他风尘仆仆地在祖国大地上奔走着，战斗着，创作着。从硝烟弥漫的抗日前线到和平时期火热的生产第一线；从大兴安岭的白山黑水

在雷加百年诞辰纪念座谈会后中国作协主席铁凝（左四）与雷加子女合影

到横断山脉的巍巍雪峰；从大西北的荒山大漠到东海、南海的小小岛屿，他一直在寻找和描绘着这样一些人，他们是为民族独立而浴血奋战的人，他们是和平建设年代里默默无闻的劳动者。他们是造纸工人、水利工人、地质勘探队员、科学考察队员、高山气象站里孤独的值班人、林区的司机、海防战士……从这些普普通通的人身上，他发现了劳动的美，发现了蕴藏于人民中间的伟大力量。可以说，雷加先生毕生的写作，都是在用最深情的文字传播着这种劳动的美和人民的力量。雷加先生曾说："生活对创作很重要。"他还说过："文学创作应该创造美，必须创造美，要给社会增加美，否则，文学作品就失去了存在的价值。"先生的这些话普通而平实，却蕴含着深刻的道理，随着时间的流逝而历久弥新。雷加是扎根人民、热爱人民的作家，他一生与人民呼吸与共，在人民最平凡的生活中发掘真正美好的东西，塑造劳动者闪光的灵魂，传达人民自强不息的精神，这样一种创作态度对当下的文学创作，具有深刻而宝贵的启示意义。

雷加先生的文学生涯又是与民族、国家的命运紧密相连的，民族的危亡和家园的沦丧使他奋然而起，从创作伊始他就显示了既是作家又是战士的风姿。作为现代文学史上深具影响的"东北作家群"中的一员，雷加和那一代年轻的东北作家们一样，在"九一八"事变后，承受着国破家亡、流离失所的共同命运。在冯庸大学中学部读书的他随学校流亡关内，曾为收复失地和广大爱国青年一起到南京请愿，在上海参加"一·二八"淞沪抗战，并写下了《最后的降旗》《平津道上》等最初的文学作品，表达了对故土家园的深沉的爱和鼓舞人民打击侵略者的强烈愿望。1938 年，雷加在延安"抗大"四期学习，后随延安文化协会组织的抗战文艺工作团第二组到冀中抗日根据地做宣传工作。1939年，雷加又回到延安，担任“文协”秘书长，后被选为中华全国文艺界抗敌协会延安分会理事。他的《一支三八式》《五大洲的帽子》等30余篇反映抗日前方战斗生活的小说、特写产生了广泛影响。大家对白求恩这个名字早已耳熟能详，但大家可能不知道，第一个报道白求恩事迹的正是雷加先生。他深入战争第一线，和白求恩同吃同住，多次采访，写出了报告文学《国际友人白求恩》，发表在1938年出版的延安《军政》杂志第二期上，毛泽东主席读后给予了极高的评价，在杂志上写下了“学习白求恩”的眉批。雷加先生就是这样以笔为旗，用他的作品有力地鼓舞着抗日军民的斗志。

雷加先生多次说过：“一个作家应该有生活，以后要继续积累和补充生活，才能够写下去。”“生活不骗人，它总会给人一点东西。”1942年3月，他深入陕北农村，任乡文书、乡指导员，在毛泽东《在延安文艺座谈会上的讲话》精神的指引下，写出了《“女儿坟”最后一代》《揽羊人》《沉默的黑怀德》《麦地的梦》等一组反映陕北风土民情今昔巨变的作品。1945年东北光复后，他回到故乡担任安东造纸厂厂长，在这个岗位上显示出了不凡的组织管理能力。他的亲切平易、幽默洒脱更是深受工人们的爱戴。回忆这段生活，雷加先生这样写道："经年累月的工作中，我参加过年轻工人的婚礼，又为他们出生的婴儿祝贺。我也是车间小组会的积极参加者，是全厂积极分子的朋友，我几乎访问过每个家庭，我知道所有人的名字。"他和工人们之间如此亲密的情感联系，为他的创作打下了深厚的基础。1951 年，雷加调到中央文学研究所和全国作家协会。1954—1958 年，他先后创作了长篇小说《潜力》三部曲，包括《春天来到了鸭绿江》《站在最前列》和《蓝色的青㭎林》，艺术地再现了解放战争初期东北地区工业发展过程中复杂而尖锐的矛盾，塑造了栩栩如生的工人群像，成为中华人民共和国成立初期描写工业战线生活的代表性作品，曾被翻译成俄文和越南文。雷加由此成为我国工业题材文学的拓荒者。此外，他还创作了传记《海员朱宝庭》，散文特写集《五月的鲜花》，反映水利建设者的《工地早晨》《三门峡截流小记》等作品。1960 年，雷加先生参加中国科学院组织的综合考察队，写下一组散文，集为《山水诗话》，1978 年改名为《从冰斗到大川》出版问世。这些作品是雷加先生一步一个脚印地"丈量"出来的，体现着一个行动的革命者坚贞不渝的信念，和一个作家为时代放歌，为人民立传的庄严的使命感。

雷加先生是一位视写作如生命，毕生追求崇高精神生活的作家。同时，才华横溢的作家雷加还是一位优秀的管理者，他曾经被授予“模范厂长”的称号。可是他把“写作”放在了人生最重要的位置，而放弃了另外的一些人生选择。权力、地位、待遇等诱惑，都不能让他放弃对文学的忠诚与痴迷。在长达70年的写作生涯中，无论是战争岁月，还是和平年代，无论是紧张的革命活动间隙，还是在困苦磨难之中，他一直笔耕不辍，靠得就是这种对文学的无保留的热爱和对人能够变得更好的信念。“文革”之后，被压抑多年的写作热情再次喷发，雷加继续行走如风地奔忙着。1979年，他担任北京市文联秘书长。第四次文代会后，他担任北京市作协副主席。繁忙的文学组织工作之余，他不顾年事已高，积极深入生活，用清新、质朴的语言，写下了大量闪耀着时代光彩的华章，迎来了创作的又一次高峰。这些作品集成了《半月随笔》和《半月随笔二集》出版。其中《半月随笔二集》荣获了首届鲁迅文学奖。雷加先生的一生有力地昭示了这样一个真理：始终把人民放在心中，不倦地书写人民的喜怒哀乐的作家，他们的作品才能够获得人民的喜爱，在人民心中获得长久不衰的生命力。

同志们，习近平总书记在文艺工作座谈会上的重要讲话中说："艺术可以放飞想象的翅膀，但一定要脚踩坚实的大地。文艺创作方法有一百条、一千条，但最根本、最关键、最牢靠的办法是扎根人民、扎根生活。"今天，我们在这里纪念和缅怀雷加先生，是为了从先生的成就和风范中汲取力量，以实际行动贯彻落实习总书记重要讲话精神，深入生活，扎根人民，努力创作出更多无愧于时代、无愧于人民的优秀作品，鼓舞全国各族人民在实现中华民族伟大复兴的"中国梦"的道路上奋勇前进。雷加同志是迎着时代前行的作家，他用文学的方式做到了毕生为人民服务，他的创作始终离不开两个字：人民。我想，这也正是我们今天在这里纪念他、学习他、缅怀他的意义。

谢谢大家！

2015 年 1 月 28 日

卷一

大地如是说

引言

我始终认为，书信乃是人生之蜜。蜜也分多种，有槐花蜜、枣花蜜、椴蜜……我的书信不多，但也是蜜，因为它都是从实际生活中来，且又贴近我的创作。如果说某人某个时期的生活实践可以提供一个横断面的话，书信应该有这个功能。

《大地如是说》，是我的一束家书。

家书的谈情说爱部分，可惜在“文革”中被一把火烧光了。读者看不到了，我也只好把这些回忆留在自己的心里。

20 世纪 80 年代我又开始了创作“写生”，一年之中不少时间在外地，像是一个前线的兵。既然像个兵，就该有个好后勤。我的老伴伊苇，我同她是 1941 年在延安相识相爱结为伉俪的。以后一同在陕北下乡，又一同在东北某工厂工作。共同经历了战斗岁月，又在经济建设中一同工作过。此后她有专业，又有责任，工作很忙，但这并不妨碍她始终是我的好后勤。同时，她也是我的许多作品的第一读者。有时，她会提出十分中肯的意见。她为我几十年如一日的奉献，我十分感激她。这些信我是为她而写，使她了解我的行程计划。这束家书便由此而来。

“文革”中断了我的创作生活。我的长篇《蓝色的青枫林》遭到批判，我自己也曾消沉过，也曾想过不再从事写作了。但是，1977 年以后我又重操旧业，且又有了新的探索，那就是我对于散文特写的执意追求。为此，我跑遍了祖国的东北和大西北，我为“走西口”和“闯关东”的题材所吸引，我在唐山地震之后五次去唐山，陕南安康大水之后又赶到安康。我有如一个新闻记者；但我又是一个心中常常怀着创作主题的文学工作者。

这束家书也只是 1980 年到 1988 年的一部分。其中包括我两次去东北。一次沿黑龙江上行至漠河；另一次是农垦之行，由延安到珲春，又在长白山天池目睹“怪兽”。我又曾两次去内长山岛和一次去外长山岛。这两串岛屿比珍珠项链还要美丽，使得我永远铭记在心。因我在三门峡工地待过，便随同全国水电总局两次去各电站工地。我有机会去过导弹发射基地。我有幸参加了大西北伊克昭盟交通部门的会议，深入沙漠半月之久。外加上只身赴印度一行，此十二题，共三十四封信。

在我耄耋之年，回头读读这些信件，它的可贵之处在于忠实地记录了我的历程。每次经历虽不壮丽，却都是我创作生活的源头。我十分珍惜创作生活源头，所以我愿意发表它。

雷加

1995年5月23日

女儿的话

这是一组父亲雷加在旅途中写给母亲伊苇的信。

我的母亲伊苇，1922 年出生于湖南长沙一个家境殷实的小商家庭。少年时的伊苇性格热情而刚烈，有股子天不怕地不怕的劲儿。1930 年红军进城和后来目睹红军和共产党人在残酷屠杀面前临危不惧，促使她在 16 岁那年毅然决然地告别家乡和亲人，奔赴延安投身抗日。

在延安，她先后在陕北公学、军委三局无线电训练班和延安女大学习，1940 年秋被分配到《新中华报》工作。她是负责文艺版的编辑，由此结识了青年作家雷加。他们在 1941 年 5 月 1 日结婚。之后，他们一起到陕北农村工作，深入生活，共同度过了延安整风和抢救运动那一段艰苦的岁月。

1941年5月，雷加和伊苇结婚后，在延河边合影

1942年3月，雷加、伊苇夫妇与另几位文人下乡到绥德，王震司令员接见并合影

1946年，雷加、伊苇夫妇在丹东

1950年，雷加、伊苇夫妇在北京

抗战胜利了，雷加参加第一批急行军奔赴东北，随后母亲一个人带着两个孩子（大哥立伟和年仅3岁的立宾）开始了迢迢千里的行军。孩子们有时可以坐在驴背两旁的筐里，而她硬是靠着两条腿翻山越岭一步不落地从延安走到了刚刚解放的东北。当她站在父亲面前时，衣衫破旧，面容憔悴，一个文弱的湖南妹子又出现在需要她工作和战斗的岗位上。

在东北，她和父亲雷加一起接收了安东造纸厂，开始了在工业战线的崭新事业。在艰苦的战争环境中，这一对共产党员夫妇成了造纸厂的灵魂。他们带领着工人群众，克服重重困难，努力恢复生产，生产出当时最优质的纸张，创造出最大化的经济效益，有力地支援了解放战争。

正是由于在工业战线上的突出成绩，新中国成立后，他们被调到北京做全国造纸工业的管理工作。从此，伊苇一直在中央轻工业部工作。

我们的母亲伊苇一生主要的业务范围是劳动工资，也就是今天的人力资源。她的脑子里熟记各种数字，业务能力很强。与她共过事的人，对她的工作能力多有赞叹。母亲政治上敏锐，坚持原则，作风正派。她是司长，在她老年的时候经常说的一句话就是，她的那个司里没有打一个右派。“文

1984年4月，雷加、伊苇夫妇在北京香山

革”中，司里的同事一边倒地站在了一派，如果她顺势站队，日子会好过得多。但是她坚决拒绝，宁可带着心脏病第一个被下放到干校去搬砖和泥盖房子。“文革”后，她不计前嫌，又把分散到各地的业务骨干都陆续调回司里工作，使工作尽快重新上了轨道。

我们的母亲始终是父亲重要作品的第一读者和重要意见的贡献者。他们相伴而行，在事业上、在生活中相互扶助。父亲雷加夸赞母亲伊苇是他的贤内助。父亲出差在外，一封一封的家书不断。看起来这些信都是报告行程及沿途的所见所闻，不再有卿卿我我的温情流连。他们是一对患难与共结婚数十载的老夫妻，也许此时他们之间的家书就应当是这个样子吧？

刘甘栗

2019年5月11日

从佳木斯到珲春

一

伊苇[1]：

当天四时飞抵哈尔滨。农垦总局订好当夜去佳木斯的车票。上车嫌早，趁机在松花江边逛了几个小时，正值星期天，江边游人如云，不是节日也是一番节日景象。

当夜九时上车，翌日晨达佳木斯，住总局招待所。上午休息，下午及五日一整天，都由总局介绍，进行座谈，又参观版画展览及观看北大荒的电视纪录片。

定于明天去友谊农场，距此一百公里。去友谊农场之后再去绥滨农场（黑龙江边）。大概我个人于十五日乘车去长春，由董速[2]安排去长白山气象站，下山后，在吉林再看一个鹿场，一个参场，一个畜牧场后即回京。

这两天睡得很好。我只要能保证睡眠，一切均无问题，请放心。

有信可寄吉林省委宣传部董速转（长春）

雷加

1980年8月5日于佳木斯

【注】

① 伊苇：雷加的夫人。1922年出生于湖南长沙。1938年到达延安。曾在陕北公学和延安女子大学学习，先后在延安《新中华报》和延安文化界抗敌协会工作。1946年到达东北，在安东造纸厂工作。1950年调任中央轻工业部，一直从事劳动工资工作。任轻工业部劳动工资司司长职务。1997年因病去世，享年75岁。

② 董速：延安老战友，时任吉林省委宣传部部长。

二

伊苇：

现在我在兴凯湖附近的密山，今天就乘车去兴凯湖农

1980年，作家代表团访问海南和云南垦区

场。在这里约住两三天，可以吃到土特产“白鱼”。这里已是边境，需另办“护照”，车上检查甚严。

旅程至此告一段落。第二段落，我要去长白山的气象站，由他们送我到安图县（吉林省）的明月沟，由那里准备登山。登山后恐怕得七天才能下来。第三阶段，我在敦化附近访问参场、鹿场，然后去镜泊湖农场，再回佳木斯附近的依兰农场，九月中旬可回京。

去长白山，有董速派人接待，此外，一切均有农垦局派人陪同。今年东北小麦丰收，大豆缺雨，但昨天下了雨，下雨之前，中午闷热，此后，气候可能凉爽一些了。

身体尚健。我既不服速可眠，又努力睡好，这就一切没有问题。

我每天四时五时起床，这里时间比北京要早一个小时。

我出来后一张报纸未看，请把报纸保存好。

雷加

1980 年 8 月 15 日早五时于“密山西”

三*

伊苇：

从十六日起，我同他们一起住在兴凯湖农场分场。那天正午，挤出时间乘汽轮游了小兴凯湖。兴凯湖有大小两个。大的东西方向切开，我国只占三分之一。小兴凯湖从地图上看，像一只晶莹大眼睛上面一条弯曲的细细的眉毛，湖水清澈，带黑色。湖上有好看的石头，拣了几块。两湖之间有一沙土集成的“湖岗”，它也是农场的公路，有如黄河大堤一般。

我离开小集体后，有省农垦局同志一直陪我到延吉。十六日下午我到了密山，当晚又从密山乘火车，翌晨四时抵牡丹江市。在车站里候车四个小时，又乘火车于十七日下午二时抵达图们，又由图们改乘火车于四时到达延吉。延吉有吉林省宣传部派人来接。董速带信来，她说她正好在二十二日来延吉开会，可能会面。

一路天气闷热。今年麦收在望，只是大豆缺雨。当我抵兴凯湖时，下了雨，气温才下降。但一到延吉，天气转晴，我在宾馆休息了一天，于十八日早乘汽车出发去长白山天池。

这次有省、州宣传部二人陪同，第一天顺图们江而行，夜宿古城里。它在图们江边，是朝鲜族一个生产大队。江不宽，有如右安门大街，两边的山也像大街两旁的楼房。江岸上我方有严禁隔岸“喊话”的牌照。

这里是一个公社，但有小小的宾馆。沿途各公社正在举行一年一度的运动会。一般三天，第一天田径，第二天秋千、跳板、拔河，第三天球类比赛。晚上在朝鲜族老乡家中吃饭，又有和龙县中学来此演出，歌舞、独唱、合奏。其水平之高难以在北京城内找出一个中学可比。

十九日仍是好天气，准备七时乘车，一直可以上到天池，约有四个小时路程。

（以上 8 月 17 日写）

今天，八月二十四日，这是我走下天池的第二天了。

我在长白山天池气象站，住了两天。

长白山海拔两千七百米，气象站就在天池边上。山上一年中有九个月是冬天。他们这样说：七月是春天，八月是夏天，九月是秋天，十月以后就是冬天了。现在正是他们的夏天，但白天最高温度11℃，我带来的四件毛衣，只有一件毛裤未用。站上工作人员只有六七人，客人倒不少。我们一行四人（除我，有省宣传部一人，州文联一人，司机一人）。在我们之前来的人，有中央工艺美术学院一人（自费写生），省话剧院舞台设计二人。隔一天，又来了省气象局二人。客人把主人的床铺全占了。我们住的对面炕，睡在一起像沙丁鱼一样，炕又热得可以烙饼。

我们是幸运者，逢上两个晴天。早五时起来看日出，接着爬山看天池中的白云峰岚倒影，真是美极了。

一般靠近中午就变天气，不是下雨，就是成片成片的大雾。

当我们第三天下山后，到了瀑布跟前休息。我们抬头观看瀑布时晴天，在知青招待所用饭时，下了雨。洗温泉时又晴天，临走路过小天池时，又下了雨。如此游戏般的天气变幻，十分有趣。可是不来这里，永远也感受不到。下午抵森林保护局。第一件事是洗衣服、洗鞋。本要在保护局住两天。因接到董速由延吉来的电话，催我到延吉见面，所以第二天（二十三日）早五时半吃早饭，六时乘汽车出发，十二时赶到延吉，走了二百五十公里。

今天在宾馆休息。州农垦局已派人来，今后由他们负责我在吉林省参观农场、鹿场和参场了。大约月底我由敦化再北去黑龙江省的宁安农场。这个农场在镜泊湖边上。宁安附近有个东京城，它是几百年前渤海国的京城。宁安农场也是东北最老的一个农场。

由宁安我再回佳木斯，因那附近有个依兰农场，参观后即回哈尔滨，再由哈回京。预定明天由农场的同志陪同去珲春农场，那里是中朝苏边境，即海参崴一带。两天后回延吉，再去敦化、宁安……

休息得好，睡得也好，勿念。

我可能抵佳木斯再写信。

雷加

1980 年 8 月 24 日于延吉宾馆

【注】

* 这一年由国家农垦局组织，我去了海南岛和西双版纳的农场，归来写了《向维度挑战》和《绶带》。

八月我又有了东北农垦之行，其间我又一个人去长白山天池访问了高山气象站。上长白山是我多年的夙愿。我生在鸭绿江边；1946年我同造纸厂一同撤退到长白山，因是严冬不能上山。这次借访问东北农场之便，又托董速代为筹划，才如愿以偿。董速是我延安老战友，任吉林省委宣传部长职。

天山怪兽是在八月二十一日和二十二日两天上午发现的。

第一天发现怪兽的有我，气象站长董德辉，中央工艺美术学院卢新华，长春话剧院唐克、姜新成和省出版局郑维汉。其中三人正在迎着朝阳写生。

第二天同时发现的除上述人员外，还有省委宣传部孙玉良，州文联赵成日，还有省气象局机务室主任周夙瀛和郑宝诗。此时卢新华等几人要由泄水口处步行下山。凡由此直接步行下山的都是一次壮举，一般人不敢由此下山。为他们下山做向导的是气象站的小金，前几天小崔的爱人上山探亲，也和他们一块儿步行下山。为他们送行的是我们几个人和能够离开工作岗位的气象站的全体。

此时，正确地说，在八点到八点半之间，天气晴朗无比，我们正在拍集体照中间又一次看见了那几只怪兽出现在水面上。

出现水面不是一只，有远有近。也不是身体全部出现在水面上，有时是脊梁骨，有时是头部，但它们后面都有两条很长的划水线。这说明游行速度很快，且都向这岸游来。这是有道理的，

1980年，雷加访问长白山天池气象站

因天池有如一个漏斗，四周都是高高的火山锥，其陡无比，只有我方一边有一处滑坡，这些怪兽就往滑坡这边游来，而步行下山的人也是利用这个滑坡下山的。

这两次不但众多的人看见，气象站组长老董当时就说常常看见水面上时有黄色泡沫泛起，又有划水线在游动。省局的老周也说他每年都上山，也常常看见。但是他们也赞同专家的意见，说这里不可能有水中生物生长。

这一次惊动了光明日报省记者站，他们听说后，立刻派人上山，也做了报道。可惜的是都没有用摄影机留下物证。

我回来后，接到不少信件，他们问上山的路线，准备前去进行观察，但是都无结果。后来朝鲜曾派了一个观察组，最后报道说：那是几只熊在泅渡天池。我对此说有所怀疑，因天池圆周不大，且有又高又陡的火山锥，几只熊满可以绕道而行，没有必要泅渡，何况那火山锥甚陡，熊既爬不下来，又爬不上去的。

后来有人把这怪兽之谜称为“雷加怪兽”，有人郑重告我：天池没有怪兽，因他没有看见。我说你只待一两个小时，且都在十时以后，那时天池上空变幻无常，就是有也难得看见。我说：你没有看见，可以说没有。但是，我们那两天看见了，就不能说它没有。

关于天池怪兽一事，可参阅《天池怪兽目击记》1980年10月9日《光明日报》;《天池游记》刊登在《长春》杂志1981年4月号。此篇已收入《雷加散文特写选》和《火烧林》。

四*

伊苇：

我于二十六日乘汽车由延吉到珲春。

二十七日上午驱车去水秀峰。此处处于中朝边界又处于中苏边界，是三方边界的交汇点，它又面临日本海。最窄处只有几华里，又处于边境东南端突出部分的底部，地形十分复杂险要。

预定今日下午回延吉，明日去二道白河（安图）森林保护局参场访问。之后，由车送我经敦化去镜泊湖一带，再以后即回佳木斯及哈尔滨。

珲春是一边境老城，它是骆宾基的家乡。

雷加

1980 年 8 月 28 日上午

于珲春宾馆

【注】

*游水秀峰，使我兴奋至极。至今还记得由珲春出发，向南经一长廊似的地带，东边似乎离苏联边境甚近。汽车行驶时，常常提醒减速和隐蔽，以防苏联边哨发现。到达最南端时，看见图们江，又似乎听见了日本海的拍岸浪声。在山脚下屹立着一座坚固的岗楼。据说岗楼正好建筑在中苏边境线上。岗楼里有我们的哨兵，他们日夜在那里站岗放哨。我们在岗楼里待了十五分钟，在短短的时间里，他们说了这座岗楼的历史。战士们介绍，因为

这座岗楼正好压在边境线上，归谁不归谁，中苏双方争执不下。谁都说这座岗楼重要，谁都说这座岗楼应该是自己的，但谁都拿不出更多的证据。这样争论来争论去，僵持不下，最后我们的一位聪明的战士忽然发话道："这有什么争论的，看岗楼的门在哪边，就应该属哪一边的主人。难道说岗楼门在我们这边，苏联人要进去的话，他们不走门，能从窗户出入吗？"这一段陈词拿到谈判桌上也是呱呱叫的。这个岗楼属谁的问题，就这样解决了。

我在珲春县城住了两夜。珲春是骆宾基的家乡，我对他的《混沌》一书印象颇深。我在一天早晨游览了它的美丽的市容，我又把珲春县志上的县城地图描摹了一份，回来我把这份地图送给了骆宾基。

五

伊苇：

九月二日我结束了延边地区的访问，当日乘汽车由敦化来到镜泊湖，当由宁安农场（已属黑龙江省）派人来接。

湖边有水产养殖场，乘汽船游湖，并看了镜泊湖的瀑布。瀑布也有各种各样的，它不像长白山高山形的，有些近似黄河壶口瀑布，但又比壶口清秀。

1981年，雷加在江苏镇江长江三角洲共青团农场

我在此住三四天，再去佳木斯以西的依兰农场，在那里再住三四天，即回哈尔滨飞京。恐怕那时已是九月十二三日了。

身体很好，勿念。

雷加

1980年9月3日 于宁安农场

回延安

一

伊苇：

晚九时抵西安，有人接。通过内部关系，住大厦。都是外宾，房价伙食都贵。房价二十八元，伙食最高每日十八元。我的房价减半，伙食随陪同人员，日一元三角。还过得去，并有优待，每日午晚餐，啤酒汽水随便用，可能是旅游单位对陪同人员的照顾。这里正开党代会，胡采和李若冰都是党代表，也住在这里，每天都可以见面。二十一日，来的第一天，他们陪同参观了秦俑。别的地方就不想去了。二十二日，到党校访李文瑞夫妇。李是西北大学中文系教授，到家里来过。她有兴趣研究我的散文和报告文学。她由广州进修回来，有一本台湾出的中国当代文学史，上面有我的简介和创作目录，她答应送给我。我已定于二十五日乘飞机去延安。由李若冰安排，延安和榆林地区都有人接待并陪同。临走，忘记带粮票，身上只有少数，怕不够用，请挂号寄全国粮票二十斤到陕西西安省作家协会李若冰收。

这里温度和北京差不多，空气干燥一些，房间里有空调，据说延安凉快一些。

雷加

1981 年 7 月 23 日

二

伊苇：

我二十五日抵延安。住宾馆，套间，洗浴、电扇具备。这里室内 21 度，称得上避暑了，但我每日出去。南关有六层高楼，新建体育场内有旱冰场。这里正在举行地区运动会，球服和妇女服装齐美。胡宗南撤后，修了新楼和新的街道。有梧桐街树，清凉山河谷的钻天杨比新疆的更美。

街上有卖凉粉的，卖果馅的，还有熏鸡。这两年年成还

1981年，雷加重返陕北绥德

好，社会秩序也好，可谓太平盛世。

我的日程，由此向北，都有汽车代步。延安、榆林两地区都有人陪我。安全第一，甚至不许我爬山。

我向李若冰借了二十斤粮票，请挂号寄去。

问全家好！

雷加

1981 年 7 月 27 日

三

伊苇：

总计在延安住了九天，由七月二十五日到八月三日。每天都有日程，只是新市场就去了三次。有一天，去了四八烈士墓，在原中央医院旧址。蓝家坪早一天就去过了，这次去杨家岭文协，已被划在延安大学垣墙之内。延大有六层窑洞，又有教学大楼。原杨家岭前半坡被教职员窑洞占去，仅余的几孔旧窑，恐怕是罗烽他们住的最高一层。

女大[①]被党校和革命纪念馆占住。我找了一下女大礼堂，连地方也不认得了。以后到了宝塔山，另一山头已辟为公园，可以俯瞰全城。

乘车去延长，在油矿住了两夜，又乘车来到绥德。

绥德住了一天，有榆林地区来人接。因榆林地区正在开

1981 年，雷加一往情深注视着陕北绥德的村庄和土地

地区创作会议，邀我参加，不能不去。所以改变计划，先去榆林，然后再返回米脂、绥德，细细访问。

用了一天时间，访问了绥德旧址。扶苏墓仍在，蒙恬墓砍了一半。原地委县委修了两层窑洞。我先看了保安处，旧窑不多了。所谓白家沟，有人记得那是监狱处所，窑洞和操场也都没有了。山上操场，开过七千人大会（1943 年延安整风期间，在绥德召开七千人大会，会上宣布雷加是特务，当场逮捕审查——编者注）的地方，已种上树，要变成花园

1981年，雷加在绥德街头

了。在西安有一位编辑同志，过去是绥德师范的学生，还记得当年在七千人大会上我如何上台，如何喊出“我是东北人”那一句话。当我参观延安丝绸厂时，一位厂长是过去保安处新华商店的采购员，他还记得保安处有个布鲁，有个雷加，以为我当时是保安处的副处长，可谓名声不小。

在绥德，我找过刚去时住过的三五九旅招待所，这个地方已经是物是人非。但是过去的保安科，几孔窑还在，已变成家属院了，我拍照留念。你工作过的第一高小，正在扩建，已是中学了。

在米脂，也用了半天时间，看了县务委员会旧址，又去了第一女小汶漪[②]工作过的地方。下边就是县委，今天是广播站，不远还有妇救会住过的旧窝子。除了西门，便是米脂中学，所谓李自成的行宫。

这几个县也比过去热，但也还算凉快。想起北京，一定热得很。你如去青岛也好，我估计你去不成。不知你们如何过的。

明天一早去榆林。

雷加

1981 年 8 月 9 日

【注】

① 伊苇曾在延安女大学习过。

② 伊苇的湖南老乡、好友。

四

伊苇：

我已回到米脂。

在榆林住了七八天。榆林治沙造林有名，往西往北各跑了几个县。到达毛乌素沙漠之中，紧邻内蒙古。毛乌素，蒙语缺少水的地方。但榆林多水，用“水拉沙”的办法，可以不费力把沙丘拉平，垫上土，再种上一种叫“沙打旺”植物，改造土壤后，即可种田。

现在回到米脂。一路上干炉、碗陀、南瓜、洋芋……吃的都是新鲜货。我又说上了陕北话，他们都夸我说得不错。在米脂开了几个座谈会，然后去杨家沟。由杨家沟直去绥德，由绥德去义和，一直往东过黄河，到介休乘火车去太原。大概下月初回到北京。

一路身体甚好。

雷加

1981 年 8 月 16 日

只身赴印度

伊苇：

一个人旅行，自有乐趣。乐趣是从困难中来。

到印度去，路经香港机场，没有人接。一个华侨说，不填表，没有担保，不能走出机场。机场内，外人也不能进入。这又失去了碰头会面的机会。我一筹莫展。我凭着几个中国字，证明印度驻香港的人员要来接我，一位机场小姐才同意给我广播。十分钟后，印度朋友来到。由他把我送进一个九龙美丽华大酒店休息，他又走了。此时小雨霏霏。饭店的人领我到酒店所属的商场。我逛了一下，买了一点我所需要的东西。七时，那个印度朋友又送我到机场，九时三十分起飞，一直到翌晨六点钟才到新德里。我非常吃惊时间之长，去掉时差（迟两小时半），也有六小时之多。

新德里，使馆有人接。住国际中心饭店。“亚非短篇小说座谈会”九时按时开会。

每天日程，上午九时到下午一时，下午二时半到六时半开会。上下午会议中间都要喝茶休息、漫谈，颇有诗意。但也不平静。我用了三天的时间才大致把人头、国籍分清楚。大致是三种人，一种是印度型的，有孟加拉、巴基斯坦等；一种是非洲型的；另一种是亚洲型的，印度尼西亚、马来西亚、泰国等，恐怕都有中国种族的血液。很有几个贵妇人（女作家），男人们也都戴着各种戒指、各种金表，如果收集起来，可能是不小的万宝箱。会议中间，用英文，我离开临时翻译（一个印度大学生），完全像哑巴一样。有时翻译不在，有几天没有吃晚饭。因为我不知道五时茶点之后，八时才有正餐，而我又不知道餐厅在哪里。各种币制，弄得我算不清账。在德里换了二十个美元，得一百八十卢比，可是那两本寄到美国的书，就用掉了我五十六个卢比。东西甚贵，买了十二节小电池（小录音机用），又用去了三十个卢比。昨天游了城内古迹，我连画片也不敢买。这几天，天天整理东西。小东西太多，不是找不到这个，就是找不到那个。洗袜子，一只袜子顺着浴池水管流走了。今天，我又发现一支

1982年2月，雷加在印度新德里参加“亚非短篇小说座谈会”

自来水笔不见了，真是伤脑筋。

三月十一日，是印度的泼红节，类似泼水节，但水中加进了红颜色。这天上午休会。

在第二天下午的大会上，我宣读了我的发言稿。翻译的英语十分高明，简直像流水一样。我觉得这个发言，还是有分量的。我把我的发言及口译都录了音。使馆说，这样的会，会很轻松，可我觉得一点也不。昨天（三月十一日）下午，讨论短篇小说中色情、暴力问题。加纳作家发言之后，埃及代表突然提出要成立亚非作家组织，并由印度领导，其理由是印度是亚洲国家，也是非洲国家。又一个几内亚代表提出成立亚非作家翻译机构，当时埃及代表只问中国同不同意。我当即表态，集会和文化交流是需要的，但组织问题，应该有一个时间，进行充分协商之后再决定。我看出来这是一个阴谋。但是就在这一天上午九时，由甘地夫人在她的家里接见代表，我讲了几句人民友好的话，她的回答是“我也希望印中关系很快得到发展”。外交上的事，总是室内有阳光，外边又在下雨。可能斗争已经过去。还有两天的会，以后该去各城市游览了。昨天下午四时半，用大车把我们送到一个古迹的地方，又去了一个专供外宾的商店，珍宝甚多，工艺品也不少，但都不是我一百八十个卢比所能买的。后来，又拉到市中心，但已黄昏，有一条街断电。所以什么也没看见。翻译回家了，我和一个斯里兰卡代表（一个小老头），两个泰国代表，由小老头领头（他兴致勃勃）沿街穿巷，走了一段路。当我们回到停车场，所有代表都在车上了。这时我发现我们四个人都不会讲英文，如果迷了路可不得了。而车上的人肯定也是这样想的，所以对我们“胜利归来”欢迎了一番。

肠胃已好转，只是吃了安眠药仍失眠。今天早上，两点就起床。昨天四点起床。要知道七点吃饭，九时才开会。但精神很轻松。十四、十五日两天游览，二十一二日可能就乘飞机回国了。

刚去餐厅吃早饭，又碰了壁，说是七点半，还差三十分钟。

雷加

1982 年 3 月 12 日

长山岛之行*

一

伊苇：

到山东半岛已近半月。烟台也只是我的始发站。十七日经牟平抵石岛。在牟平，路经曲克增[①]的家。他正在睡大觉。看看他的房子，也不怎么阔气[②]，前房又塌了屋顶还未修理。石岛是个渔港，接触了渔民、花匠、捕捞公司和水产公司。五月二十三日离开，路上经过驻军五连，这里军民关系好。我又来到了另一个团队，即成山头。这是祖国最东端，颇有气势，风景也好。从地图上看，像是祖国大地伸向海洋的栈桥，而渤海和黄海的分界线也就在此。这里人说“北有成山头，南有凤凰尾”（在石岛内侧），凤凰尾是由荣城长达三十华里的狭长地带伸向海洋的地方，它形似龙须，故叫龙须岛。成山头是个渔民和海员望而生畏的地方，其程度不下于远洋轮船过好望角。我看到的也正是这样。据说秦始皇当年也到过这里，至今还有古迹在。我准备从成山头去鸡鸣岛，再去威海，然后由烟台去蓬莱和长山群岛。有人替我算了算这得半个月，我想六月底总能回到北京了。在烟台买了几本书，其中有一本《爱娃和拿破仑》，那两本《古文观止》，甘栗无论如何要读一次。我多次读它，收益颇多。

（以上26日写）

29日，我已由成山头来到威海，定6月2日去烟台，可能我在长山列岛要待十五天。然后，再回烟台，乘火车在辛店下车，去广饶县，那是我的原籍，父母出生地，然后我再乘车直接回北京（不在济南停留）。

今天乘汽车再返回荣城去读县志，来时没有读到，明天计划去威海附近刘公岛。

一路收获很多。

要领在于晚上休息，甚至不看电影，保证休息和睡眠，这样就不累，心情也不紧张。我在成山头量血压是80/120。

1982年，雷加在胶东半岛最东端成山头上

早六时吃饭，七时出发。

昨日由威海寄回一包书，请收。

雷加

1982年5月30日早6时

【注】

*这是我第一次胶东长山列岛之行。因参加了当年由总政文化部召开的军事文学座谈会，利用部队的关系才有了长山列岛之

行。因要乘船，过海上岛，又要一个岛一个岛的走去，有的是无人岛，有了部队的关系，才给了我许多方便条件，这是应该感谢的。我上了长山列岛，才知道这是一条海上的移民之路。当年山东人“闯关东”，不少人就是沿着这些岛子一个一个向北走过去的。归来写了一篇《列岛童年》(原题《移民之路》)。

这次路线是由胶州半岛东端成山头到南端龙须岛，再由南端回到北端，然后向西经威海、烟台、蓬莱，由蓬莱上岛，归来后再向西到龙口，由龙口乘汽车去广饶县。广饶县在胜利油田附近，那里是我的祖籍。

① 曲克增，山东省牟平县人，1945—1950年在安东造纸厂工作，是雷加当时的勤务员。

② 原来是地主的房子，土改后分给他。

二

伊苇：

六月一日那天，威海的儿童都去鸡鸣岛过儿童节，我也去了一天。

六月二日回到烟台。收到你的信和甘栗的信，及汇款一百元。

1987 年，雷加在胜利油田

预定六月六日去蓬莱，长山列岛及黄县等地大概要待二十天，然后回京。

一路上都有人陪同。前一段是一位营副教导员陪我。到蓬莱属另一军分区，可能换人。

身体颇健。一般夜间休息，白天尽量走路活动。

今天去烟台对面的崆峒岛，在岛上住了一夜，翌晨归，后天去蓬莱。

中国文联开全委会，我去电报请假了。

1987年10月，雷加回原籍山东广饶，与农民亲切交谈

周而复处，我也发了电报，“月底回京面议。”

四川出版社印我的短篇小说集一事，挺伤脑筋，他们常不回信，又不好责备他们，待我回去再说吧！——他们很少回信，这次也不回信，稿件如沉大海，叫人哭笑不得！

雷加

1982年6月4日

三*

伊苇：

六月四日，我由烟台去对面的崆峒岛，住了一夜，五日晨回烟台。当天下午即乘车来蓬莱，六日又来到长岛县。长山列岛大大小小共有十八个岛，有的是无居民小岛。我准备去其中几个大岛，路线大致是，由长山岛去砣矶岛，再去小钦岛，和南北隍城岛。北隍城是最北的一个岛，与旅大遥遥相望。因为水路，班期不定，一路走去，可能要十天左右，或者更长一些。

明天准备先去车由岛，那里有一连驻军，但岛上无居民，又无水。

雷加

1982年6月9日晚

于“长岛”要塞区招待所

【注】

* 我的《小岛深情》即写此岛。

四

伊苇：

请打开地图，在祖国渤海湾某处的最北端，我正在这个小岛上等着看日出。我沿着山东半岛的石岛、成山头、刘公岛、烟台等地，一路走来，你可以想象长山列岛像是祖国大门前的一块块踏脚石。我正在北隍城岛上，现在四时半，太阳快要从海上升起来了。

迎着太阳而不感到尊严的人，没有。它的光芒把一切污垢燃烧得一干二净……

明天就要走回头路了。回蓬莱、黄县、龙口而潍坊，广饶将是最后一站，月底前抵京。

我的《雷加散文特写选》北京出版社说六月出书，我已订购二百五十本。可打电话问问：北京出版社文艺编辑室751076——找胡容。

雷加

1982年6月15日北隍城岛

雷加和炼钢工人们在一起

雷加采访农户

去漠河*

伊苇：

附上一图。图上红线箭头所指，可以看出我将沿黑龙江由塔河、十八站去漠河和洛古河。这里是我国最北的边疆，称为北极村。这里有北极光，但未能看见。“白夜”之景，确是落日晚，黄昏长，晚霞几乎与曙光携手相连。

现在我来到黑龙江边一个县城——呼玛。这里有很多金矿。决定看一个矿后，再住几天即顺江而下，去瑷珲——《瑷珲条约》即在此签订，对岸是苏联城市海兰泡。

沿途都由驻军接待，有时下连队，就和战士一起吃。

今后只跑沿江几个大地方，月底可能回到沈阳。

昨天在三合站，连天阴雨。我穿上毛衣绒裤，有一阵穿过羽绒衣。每天晚上盖被子，早晚也冷。

今天发电报：抵呼玛去瑷珲。请注意此电报何日到达。《北京日报》有我一篇文章和一条消息，找到后，请保存。有事可写信辽宁省文联马加转。

雷加

1982年8月11日

【注】

*1982年我又作了一次北疆漠河之行。漠河称为中国的北极村。我的计划是先到漠河，然后再由漠河沿黑龙江而下。沿江有呼玛、瑷珲，再往下要走多远有多远。黑龙江由下游到上游虽然每年有航班，但航期短、船期也不一定，况且沿江逆行又太慢。那么又如何先到达漠河呢？这有两条路：一条铁路，它是沿着大兴安岭由林区修建的，由塔河乘车到西林，到了西林离漠河就不远了，有公路可通。另一条是古代驿路，这条驿路几乎沿江而行，由十八站一直可以走到二十二站，由这些地名看出来，它有公路但是很少有居民。我选择了第二条路，这条路离开解放军寸步难行。我是乘吉普车由十八站到二十二站。到了二十二站再往北连吉普车也难以行走时，由解放军用巡逻艇从兴安这个地方沿江一站一站把我送到漠河的，然后我再由漠河乘船沿江而下。沿

旅途中的雷加之一

江的开库康、鸥浦、呼玛给我留下了深刻的印象。沿路淘金的传说甚多。呼玛和瑷珲又是盛产玛瑙的地方。

归来我写了一组散文，叫《北疆特写》，它与我1962年横断山脉考察队之行的那组《山水诗话》散文，可称为姐妹篇。

外长山岛*

一

伊苇：

我已由沈阳来到大连。今天去旅顺，算是这次日程的开始。

我在沈阳时，第一天，见到马加、韶华和谢挺宇。第二天见到文菲、谢荒田和石光。一顿午饭在刘国保家里，一顿午饭在石光家里，又一顿晚餐是在康平家里。

在大连也看见了一些熟人，何玲、徐全民全见了。昨天晚上去看师田手[①]，他得过中风，知觉在恢复中，可以行动，也会讲几句话。他的爱人把他从电视厅里请出来，回到他的房间，他一直不认识我。大约过了十分钟，我坐在他的对面，在纸上写出我的名字时，他忽然认识了，而且那么高兴，又一直讲个不休。说话有时用字不准确……“你这个大人……我不知道是谁，这是干吗？一写，我认识了，前天、昨天、今天，我一直等，呵……”接着摸我的脸，又说我什么地方变了……

还有，我在沈阳去看望了李志南，他也同师田手一样，在他们的脑软化过程中仍然保留了若干过去熟悉的姿态和表情，志南依然戏谑成性，甚至和自己的女儿开开玩笑……这些都十分可爱，又令人十分悲哀。

今后日程大致如下：

二十七日前去旅顺、金县，再回大连去四个岛——即大长山岛、獐子岛和海洋岛，以上约半月左右。七月十四日由辽东半岛的石城岛登岸去皮口，然后沿大孤山东沟一线，约七月底抵丹东。这一条路线也可能是当年山东移民先到大连，又到丹东（安东）的路线。

雷加

1983 年 6 月 22 日晨

于警备区司令部招待所

【注】

*1982年5月我去了胶州半岛的长山列岛，也叫内长山岛。今年6月我又要去辽东半岛的外长山岛，它包括大长山岛、獐子岛、海洋岛二十四个岛。由大连上岛，不回大连却由庄河上岸，直奔丹东再回北京，这是一次非常惬意的旅行。

① 马加、韶华、谢挺宇、文菲、师田手为辽宁省老作家；谢荒田、刘国保、何玲、徐全民、石光、李志南等均为老战友；康平为沈阳师范学院中文系教授。

二

伊苇：

下一阶段详细日程安排如下：

六月二十日由沈阳乘车到大连，第二天看望了何玲和师田手。

六月二十二日乘汽车去旅顺，访问三天。

六月二十五日乘汽车去金县三天。

六月二十八日回大连，又住一天。

预定六月三十日乘炮艇去大长山岛。可能访问三四个小岛，月底可由庄河登陆去丹东。

旅途中的雷加之二

身体颇好，只是有时晚上睡不好。大连伙食还好，一天一元五角或二元，都吃得不错。到旅顺和金县，全能吃到鱼。吃饭有人陪同，他的身份又是客人又是主人。

今天到大连码头看看，很干净，大连街道也干净。海风凉爽，每天只有 28℃。岛上会更凉快。

现在是晚六时，明天七时早饭，七时半乘汽车去金县一带码头乘炮艇……

雷加

1983 年 6 月 29 日于大连

"水总"纪行（一）

一*

伊苇：

全家好！

睡眠仍不好。

会议日程三天。第一天下午我发了言。其余两天参加他们的小组会。这是全国范围的，属于水利系统，讨论成立文艺协会及开展文艺工作等事宜。

第四天（三月二十日）全体参观兵马俑。

第五天，少数人参观黄陵和乾陵。

第六天（二十二日），我临时决定去陕南安康（属汉水流域）大坝建设工地，在这个工地工作的大部分是三门峡的老工人和老干部。安康去年发大水，有很多感人事迹。

在安康行期不定。三天五天不定，看那边采访座谈情况再说。然后由安康直接乘火车（可能经武汉）回京。

雷加

1984年3月18日星期天

【注】

*北京的水电总局要成立水利系统的文艺协会，在西安召开会，邀我参加。因为50年代我在三门峡大坝工地待过三年，水利系统熟人多，他们也把我当作自家人。听说陕南安康发了百年一遇的特大洪水，我决定去安康采访，写了一组特写，其中有《洪水之夜》《“百年一遇”手记》等。

二

伊苇：

为了游览西安全城，我每天早晚及午休时间都徒步十几里。看了东西大街，再看南北大街，又看了八路军办事处旧址，及南门城墙花园。

我只是早晨在宾馆吃饭（住钟楼饭店），午餐晚餐都在外面吃。已经吃了两顿羊肉泡馍，一顿羊肉水饺，一顿羊饼。

我参观了五十米长的回民饮食摊点，共有二十四五家，每家花色不同，计有：

腊牛羊肉、包子馄饨、炉齿面、甜食小吃、牛羊肉泡馍、鲜羊肉饼、羊肉水饺、卤汁凉粉、面皮拌汤、油糕柿子饼、羊肉小炒、凉粉炒米饭、牛羊炸糕、拉面包子、羊肉丝炒饼、粉蒸羊肉、胡辣汤……

雷加

1984年3月20日

三

伊苇：

前信想也收到，也可能有人给你打过电话。

开会中间，“水总”要去安康电站工地，我也跟着来了。此地去年遭到特大洪水（四百年一遇的洪水），报上早已报道过。我访问了几天之后，觉得有必要多待几天。感人的事迹太多，包括工程局和地方两个方面的。安康是陕南重镇，汉江也是一条有名的大河。安康之下，有丹江口电站，已建成。上游又有石门、石泉两座水库，不可不看。这样又可以沿汉江而上，直到汉中。由汉中再乘汽车过秦岭回西安。

行程定不下来，一路走去再说，好在工程局方面提供方便。回京日期要在下月中旬了。

我身体仍然很好，睡眠时好时坏。

钱带得不够，只好在西安向朋友们借用了。

福建人民出版社稿费一直没有寄来。我又寄去五十元购书，书也未寄来。大概是样书出来之后先寄来二十本，大批的书还得等一段时间。

我已写信向北京作协汇报过我的行程了。

雷加

1984 年 3 月 27 日

“水总”纪行（二）

一

伊苇：

当日上午飞抵福州。起飞时说福州气候不好，要在南昌机场停一下，后来飞机未停就直接飞福州了。按说福建春节前后是雨季，现在只是忽雨忽晴，天气多变，有时穿毛衣，有时又不穿。

在这里开会五天。会上熟人不少，有从三门峡来的，其中一个我还参加过他的婚礼。也有从刘家峡来的，他曾陪我看过刘家峡水电站的截流。这次会议，是水电部门在探索如何改变过去那一套封闭型的管理模式。他们都是一支支坚强有力的施工队伍，今天不能只蹲在自己家窝里，今天必须面向沿海开放的十几个城市了。即如何打出去，又如何重新组建自己的队伍了。过去施工分工过细，现在要提倡一专多能。又因水电建设方面这两年投产减少，各局任务吃不饱，也需要面向社会打出去……

所谓打出去，就是外出承包，也就是招标和投标。

招标时，既保证质量又要造价低，这就要竞争。所以过去大锅饭的观念，一扫而光了。

这难道还不新鲜？

这次下来感性东西多，兴趣也就大了。

这当然和我过去在水利工地上的生活有关，人和事都要和过去有个对比。

在福州开会五天。明天，十五日就去厦门，由厦门再返回福建中部南平地区。在那里看两个水电站，然后去温州（看海水发电）和宁波。

有的人由宁波去湖南，我则由宁波、金华、杭州返京。

大概五一节回京。

雷加

1985 年 4 月 14 日夜

福州东湖宾馆

二

伊苇：

福建我是第二次来。两次性质不同，上次纯是“游”，这次在福州参加了水电部门的改革会议，在闽江工程局（南平）又是企业整顿验收工作。从三门峡到现在，我也有二十几年的水电经历了。观念在变，感受颇多。这许多新鲜事物，又遇见不少当年老友，勾起许多回忆，其中也包括写作上的冲动，这是难得的。求之不得的东西对人总有吸力和魅力。

计划稍有变化。闽江工程局验收工作延长了几天，以后还要先看水电站再回福州。预定二十九日回福州，三十日去温州看一个海水发电站试验工程，然后由宁波经杭州回京，恐怕已是五一节以后了。

雷加

1985 年 4 月 22 日

福建南平闽江局

大西北 *

一

伊苇：

翌日六时车抵“呼和”——当地人如此称呼呼和浩特，省去后二字。京包线，北纬高，气候寒。请寄一件上衣来。衣柜上一格，有一件灰色卡其制服，这件就好。请寄陕西榆林地区文联陈江鹏收转。

车九时半抵包头，此信是在包头寄出的。归来如从银川由京包线回京，可能在呼市廷懋（老战友——编者注）处住一二天。车中匆此。

雷加

1985 年 7 月 6 日 11 时于包头

雷加最喜爱的照片之一——沙漠自拍像

【注】

*去陕北三边（定边、安边、靖边）是我多年夙愿。去三边可走南路，也可走北路。南路方便，由西安经延安，再去三边。北路必须先去大同、包头，再南下经东胜到榆林。这次走北路旅途

上遇到一些麻烦，我却因此得福，使我在东胜有幸参加了当地公路局举办的年会，得以饱览沙漠风光——年会七天，五天半驰骋在公路上，穿行六个县市、两个工地、七个道班，使我写出了《骆驼故乡》《马拉深井》《古直道》等文。

二

伊苇：

五日从北京出发，直到今天（七月十三日），可以说我还未到达榆林。

这一路，有许多经验可说。我出门次数不少，不能说经验不多，但事物多变化，未能认识的，也就抓不住规律性。

比如，买车票。为什么干线的卧铺票难买。京包线的特快不是每天都有，凡是没有特快的那一天，其他车次的票就难买了。还有，出门日期最好不要选在周末，又是周末又是星期天，机关常常无人，任何事都办不成。另外，要知道电话也不是任何地方都畅通无阻，比如内蒙古和山西，凡两省交界的地方，打电话最麻烦，常常接不通，办不成事。

所以，到包头后，先是打电话，线路接不通。又因是星期六，即使接通了电话，星期天机关里也无人办公。即使打通了电话，三天后机关才能派车来，一直待到午后三时，我们再到车站附近，打主意买去榆林的公共汽车票。因是两省交界处，去榆林必须经过东胜。想不到当天下午就有去东胜的车，当然是个体户的小面包车。当即决定买票动身，晚六时就到了东胜。

东胜是伊克昭盟（等于地委）的所在地。

由包头去榆林，一因路途长，必须先到东胜再转车，二又因这里是两省交界处，即使到了东胜要去榆林，也不会一帆风顺，请看下面就知道了。

当天到东胜，因天晚已买不到去榆林的汽车票了，只好待上一天，就是第二天也不知道有没有票。我们住在民族饭店，饭店里一张招贴上说，有流动售票员每晚九时到十时来饭店售票，别的小旅馆可能也是如此。我们在售票处就遇见旅馆招揽客人，说只要住他的旅馆就会买到车票。想不到民族饭店虽大，它的招贴并无实效，晚上没人来卖票。老陈晚上又去找文化馆的人，文化馆的人也说买不到票，并热情地留我们多住一天。因为盛情难却，也因买不到票，就答应住下来。

第二天，也因为是星期天，联系用车也花去不少时间。本机关的车不在家，别的机关不是没有车，就是找不到司机。头天晚上又下了雨，第二天仍小雨不断，直到十时才弄到车。领我们参观了东胜制药厂，又去成吉思汗陵。下午二时才吃上饭，晚上回到东胜由宣传部召开一个座谈会，他们说第二天去榆林的汽车票已经买好了。

第二天早六时我们赶到汽车站，因为昨夜又下了雨，直到七时也不发车。汽车站共有十几路车，路近的车都发了，到榆林的两班车，路又远又不好，正在打电话问情况。等了好久才挂出牌子，准备发车，我们欣喜异常。但不到十分钟，牌子撤了，又不发车了。第二天有没有车也不知道。

有人说，因东胜和榆林属两个省，两个省每月轮流派车，这个月正是轮到榆林派车。他们每天发车两辆，第一天来到东胜，第二天返回榆林。昨天榆林的车未到，今天就没有车走。

老陈对我说：我们在车站搁浅了。

真的我们在车站上搁浅了。客人全走了，大厅也打扫干净了。只是我们两个人没有车走不成。

老陈又去找文化馆，按理说文化馆办法也不多。幸好昨天座谈会上，有一位地区文联副主席是盟交通处的，他们每月都要去榆林印小报，这位副主席借口提前印报，就调了一辆小车与我们同行。找车也不顺手，又找车，又加油，临走又忘了带行车证。当晚九时才到榆林，正遇上开县长联席会，到处客满，找了三个地方才住下来。

第二天因车之便，大家都愿意去葭县，因葭县有个白云观，香火盛，求签的人多，在这一带名声甚大，连内蒙古也来人不少。这样第二天没有休息，十二时赶到蔚县，下午六时才能由蔚县回到榆林。

一夜无话。

第三天，交通处那位副主席有个建议——

因为我在车上听说，伊盟交通处与地区文联定于十九日举行笔会。会期定于十九日到月底，在全盟参观访问，我答应参加。今天是十三日，到十九日之间我的日程却无法安排。他们又提议，比如让我再回到东胜成吉思汗陵附近选一个点住上几天。我愿意这样做，同榆林方面商议的结果，他们也同意。于是，上午决定之后，下午又一次乘车赶回成吉思汗陵。

现在我和老陈住在成吉思汗陵附近公路第六分队

1985年7月，雷加在内蒙古成吉思汗陵前

指挥部。

以上就是到了榆林又不在榆林的经过。

按时间算，月底之前在伊盟，下月初到榆林，在榆林地区可能要待一个月左右。

雷加

1985 年 7 月 13 日

三

伊苇：

这是一次多变的旅行。从北京出发来到榆林之前，先参加了内蒙古伊克昭盟由文联和交通部门举行的笔会。笔会由十九日开始，在十九日之前，我用了一个星期的时间先在一个据点生活。笔会这七天，有五天半在公路上，横跨六个县市，采访两个工地，七个道班，听了三个县长的汇报。明天，八月一日是成吉思汗的祭日，将乘车经过成陵，然后直达榆林。到榆林后，计划不变，先去东北方向神木、府谷一带，甚至渡黄河到河曲，回到榆林后，再向西去三边。最后由银川回京。

昨天由东胜寄回书籍一包。

雷加

1985 年 7 月 31 日于内蒙古东胜

四*

伊苇：

今天八月十五日，我在榆林给你写信。

四十五年前的“八·一五”，我们在绥德。往事那么壮丽诗意，又像烟似的飘过去了。

我已记不清这是第几回来到榆林。

这一次是八月二日，我由内蒙古伊克昭盟来到榆林的。

这次去北线，由榆林到神木，看了世界上屈指可数的大煤田之一，这种煤叫“精煤”，直接出口。我又到了府谷，那里有一个社队企业，小煤矿办得很好。我又有机会由府谷过黄河到对岸山西保德，又由保德沿黄河东岸北行，直达河曲。黄河九曲，可是直接叫河曲的只有这一个地方。来去只有一天的时间，由河曲县委书记介绍了他们大幅度调整农林结构的计划，叫作“退田还林还草”。他们过去广种薄收，年年吃不饱。现在大面积地向沟坡梁进军。在沟坡梁上种上树木和草，再根治耕田，再大搞耕田的基本建设。他们采取的办法，向国家贷款，个人和集体集资，用三五年的时间按规划进行治理。之后，再把治理好的林木耕田和鱼塘承包给个人……整个黄土高原将改观，水土不再流失了。整个人民生活也将改观，保德州不再穷了，不再走西口了。

一路上都很好。由榆林地区文联副主席陪同，来去九天，于八月十四日回到榆林了。我们在河曲参观五花城，它是小流域治理的典型，临行时主人送了十个西瓜，一路上我们怎么吃也吃不完。

几乎是我走到哪里，雷雨就跟到哪里。多半是雷阵雨，又多半是半夜下起。这里年蒸发量大于降雨量，十年九旱。这几天虽然有雨，也下得晚了。今年年景不佳。昨天经过一个地方，说前天下了雹雨，谷子打得像没头草一样，高粱玉米叶子打得光光的。打光就不再生长了，连树叶子也打了满地，那个地段的庄稼全完了。

前几天失眠，昨夜睡了好觉。早晨洗了几件衣服，准备休息一天，明天就乘车去靖边、安边一带。二十六日或月底，可以回到北京。

我知道全家都在惦记我。我也以为见不到小姨聪慧是一大遗憾，她从美国第一次回国探亲，但是我早有计划，见不了面，这是无法补救的事，真是二者不可兼得。

到了靖边再写信。

雷加

1985年8月15日于榆林

【注】

*今天神木府谷煤田大开发，在这之前我早有所耳闻了。40年代我在陕北一带，随处可见煤炭露头，公路两旁常有煤层出现。今天果然发现了一个又一个大煤矿。幸运的是我在这里采访了一个小小的工地。这里有一条由西安到包头的公路，它穿过成吉思汗陵，这一段路上运煤的载重车终日不断。两省交界于一个叫活鸡兔的地方，也有一个煤矿，也产精煤，也需要由此向包头运去。这段路不长，只有二十五公里。这条路也不做他用，只运活鸡兔的精煤，所以叫作"精煤公路"。我来的时候，第六工段筑路队正在这里施工。人不多，工地不大，又遇见一阵大风，差点把小工地刮走，真是有趣。回来写了一篇《工地》，正是写的他们。《工地》只三千字，比这段二十五里的公路还短。因其短，我有些喜欢这篇特写。

发射基地

一

伊苇：

经过三天的行程，终于到达目的地。

这里既不奇寒（只是早晚温差大些），也不太干燥。虽然乐队的板胡裂了，人也热得舌干口燥，嗓子也有点痛，但过了几天，又一切如常了。

按照日程，在这里要待到月底，然后去无锡。一切勿念。

暇中可告陈明我的行踪。我行前打过电话，没有打通。

今天有人回京，此信托人由京投寄。

雷加

1985 年 10 月 21 日

二

伊苇：

北京市委组织了西北发射基地慰问团，我也同行。亲莅现场观看导弹发射，异常震动人心。接着又要赶到无锡去看回收情况。

在发射基地时，我又去了边境额济纳旗，也就是地理书上说的沙漠中的弱水一带。这是少有人去的地方，真是一次难得的机会。

这次出来，无异样感觉。真正与人不同的是，我的失眠周期仍未度过。

这个慰问团里，尽是表演艺术家，年轻，也有个别年老的。七十岁的只我一人，但我生活自理。五十四米高的发射架，我一口气爬了上去。只在大戈壁中，有时气短。后来我知道别人在舞台上忙乱时也气短。这次过乌鞘岭（夜间），第二天我发现我耳朵聋了。这像乘飞机一样，气压骤变所致，只是火车下坡慢，不能很快恢复，到了下午耳朵才恢复正常。

这次我准备带回两件工艺品。一只夜光杯，赠品，约

1985年，雷加在酒泉卫星发射场

三十元，重量轻。另一件是树根工艺品，大漠中叫“梭梭柴”，真正是一件不加工的工艺品，约十五斤，又太重。

途中又买了几本书，都是有关丝绸之路和戈壁滩的。也许带回去，也许寄回去，仍未定。

大戈壁真大。我一下子走到中蒙边界一个旗（县），那里有西夏时代的“黑城”。有名的弱水河和居延海也在此。水是祁连山流下来的雪水，沿河都是胡杨林。这里又是全国第二个骆驼之乡。我一次看见过三十九峰骆驼。我在黑城拾到一枚铜钱，在汉简出土的叫破城子那个地方也拾到一枚铜钱，可谓收获大矣。这个旗的面积有两个江苏省大，可人口不多，只一万四千人。旗领导对我们几个（一个画家，一记者，另一书法家）热情接待。这里有居延海的鱼，有驼蹄……

一路交了几位年轻朋友。我至此才发现，越年老越需要年轻朋友，可以从他们身上得到活力，得到新的观点、友谊和鼓励。这位记者就如此，我非常喜欢他。

留到最后要说的，我在祁连山一个小车站上，用一元三毛买了一只小松鼠，另一人也买了一只。他那一只柔顺极了，可以在衣袖里串来串去，可我这一只，连着咬了三个人……当时没有办法，有一位弹扬琴的女同志叫潘艺，她正好带了一只敞口泡茶瓶子，这样就把它囚在其中。它并不感到不舒服，尽吃点心、水果，更多吃瓜子。一直过了十几天，我们都到基地了，才找到铝丝编的一只笼子，它就在笼子里安居乐业了。它一直由潘艺阿姨护养着。我想，这小东西应该算我们和潘艺两家的一只小松鼠，两家共有，轮流抚养，不也很好吗?

今天我们由戈壁滩已到达江阴，大约于十三日返京。一来就下雨，大戈壁滩一年只下三十几毫米，还不够两天蒸发的，来到江阴，雨就下开了，又下个不停。

因为这趟车卧铺少，我们分两批走。我是第一批，昨天夜里一时才到招待所，今天上午休息。

此信给两个孙子读读，也许他们愿意和小松鼠做朋友。

雷加

1985 年 11 月 5 日

再去长山岛

一

伊苇：

在车上一夜无话，第二天下午四时到烟台。

车上——车厢很旧，可能从干线上替下来的。我的车厢中，有一少妇带一八十天婴儿。所谓无话，由一位社科院电子专家和少妇换了上下铺，给她以方便。再说那婴儿也是一位女性，赛过姑奶奶家那一位，一声不哭。

车上早餐一碗面，几样小菜（几片咸菜，三片罐头肉，一撮炒白菜）一元二毛。我当然不够，回来马上吃掉两个煮鸡蛋。我一琢磨，中午不再上当。到了潍坊，一元买了八个包子，一次吃下，很饱。而同事一人去餐车，只一样菜炒虾仁，三元八毛，加上饭，再加一碗汤，四元多。那位电子专家自带方便面，还有面包、家制炒肉丝等。看来“专家”比我内行。而那位少妇一家，根本不去餐车，也吃得挺好。细细想来，这次上岛我带出来的家当不够齐全，至少要买一个小电炉小餐锅什么的。今天上街我就专瞧罐头商品，有兔肉、狗肉，有午餐肉……我想应该买上几罐带到岛上。

我觉得烟台站台最长，站台上无人接我，一人走去觉得更长了。站外接客的招牌不少，其中也有一些旅馆拉客的，我一时眼花，找不到人。转到第二圈，看见了烟台市文联的招牌。那是王润滋（文联主席）亲自来接。他本来住威海，这两天有事来烟台，又因今年客人少，宾馆好找，把我直接送到华侨宾馆。有空调，有电视，想来钱不少。我倒知道宾馆一天饭钱七元。今天中午，五小碟菜，有鱼有肉但量少。吃完之后，回到房里我又吃了一个鸡蛋，不够，又吃了一点花生。仍不满足，又冲了一杯奶粉。现在才算能坐下来写信了。

来后，由文联用我带的介绍信与部队联系，今天下午才与长岛（那是另一个师级单位）通了话，由他们在长岛码头上接我……现在决定明天十一时由烟台文联用车送我去蓬莱，大约一小时路程。到了蓬莱先买船票，再吃午饭，二时准时由蓬莱开船……在长岛接我的是师部黄干事，八二年我来长岛时就认识他了。看来一切难关都会闯过去的。

我初步估计，月底可回京。

雷加

1987 年 7 月 2 日

二

伊苇：

我来北隍城岛（长山列岛最北一个岛）已四五天了，然后走回头路，去大钦岛、砣矶岛……一个岛一个岛地走回去。

北隍城岛（它在渤海中央部位，所以称之为“切海之半”）七百户人家，不论乡长和营教导员，对我极表欢迎。这是我意想不到的。他们给我吃鱼，昨晚又吃了鲍鱼（罐头每九只价四十元，昨天吃了两大盘，近一百六十元）。这里气候凉爽，昨夜下了一夜雨。明天他们陪我去南隍城岛，极近，是一对姐妹岛。岛上有古迹，那里有七十五米高的九字

1987年7月，雷加访问胶东半岛上的高山岛途中

摩崖石刻，山顶上还有石刻的大棋盘，几乎是仙人之境……

雷加

1987年7月9日晨4时7分

三

伊苇：

北隍城岛又叫乌湖岛，指水深色黑。南隍城为其姐妹岛，不远，古书称漠岛，又说它“切海之半”，指在渤海中心位置。该岛与大连和烟台距离相等。

北隍城有唐王城古迹。南隍城有棋盘山古迹。

北隍城仅有山前山后两村，共七百户。我在此从四日到十四日住了十天。

今晨乘船三小时由北隍城来到砣矶岛。

砣矶岛是一个大岛，渔业中心，也是经济中心。上次未来，这次了解一下该岛当年如何解放的及近年渔业生产情况。

四五天后回长山岛，在长山岛有文化局长（上次来认识的）陪我去庙岛和大黑山岛。庙岛是古代海运中心，远近有名。大黑山岛最近发掘出来的古迹，他们把它叫作与西安半坡有同等历史价值的“东半坡”。

我于月底前经烟台回京。

最近我对余年的工作安排有些想法。主要是书稿、日记、书信等，回去后想同你们谈谈。

雷加

1987 年 7 月 14 日 长岛县砣矶岛

旅途中的雷加之三

我的家乡——丹东

一

伊苇：

丹东正建新火车站。

工厂（鸭绿江造纸厂）派车来接，住厂内招待所，即那个过去的蚕楼，二楼窗户面对工厂。据了解，工厂面积五〇年为五万八千平方米，现已扩大为五十五万平方米。堆料场、木场已迁到蛤蟆塘（沙河镇前一站），占地三平方公里。今年进口一台新纸机，过去抄速（抄速即抄纸机速度）五十米、一百米，现在高达二百二十米，新纸机抄速可达五百五十米。现在是年产五万吨的大厂，将来可达八万吨。

第一天中午，他们有客人，我陪坐。海味齐全，全蟹，四五种鱼，还有蛤蚧等海鲜，最可口的还是当地的玉米碴子和小葱蘸大酱。

厂里人都以为你会来。你也是厂里的老人，应该回来看看。我说你心牵两头，下不了决心。

我在鸭绿江纸厂可能住七八天，了解情况外，去凤凰城（正值庙会）一次，再去上游太平哨电站一次，也请工厂复印一些当年的材料。

过几天我到丹东造纸厂去住，从那里再去建设中的大东港看看。

这里比北京差三五度。他们说天气冷，我说我带了夹克来，一找不见了，我以为忘带了。后来我发现它已经挂在房间衣橱里了。老人记性差，此一例证。

雷加

1988 年 6 月 11 日

二

伊苇：

来后写的第一信，想已收到。

昨天是我一大收获，也是只有今天才会发生的奇迹。

当我参观了工厂，又去凤凰山一天之后，昨天开始了我的日程。

第一，十一时半参加了全厂调度会议。本来我是提出到各科室走走，和熟人见见面，他们才让我参加调度会的。

之后，由一位熟悉情况在工厂做了三十几年的会计师同我谈话。谈话中间，市文联来人说市委两位书记一刘，一牟，下午要来看我。原来昨天下午，我去市文联，把介绍信交给他们，并说了这次来丹东的目的。

下午两位书记来了。我请刘仲文书记这次给我出个题目。他让我先到大东港去看看。他说辽东半岛将来的发展，以大连为龙头，丹东和营口是它的两翼。因此大东港的建设最重要，它可以把沿江城市带动起来，甚至延伸到延吉，延伸到佳木斯。

他临走，要我五时半到辽东大厦用餐。

五时半鸭绿江纸厂厂长赵振宇同我一起前往。

大家由当地杂志谈起，谈到目前性文学泛滥，又谈到目前作家出书困难。我做了即兴发言。

我先由去年出了两本集子说起，又谈到我的“研究专集”出版经过。为了这本“研究专集”我给北京市委写了报告，又谈了我与北京出版社谈判出“专集”的经过。

我说最苦闷的是年轻一代，如丹东市文联在场的副主席张安阳，他又要办杂志，又得不到补贴。我说我可以不写了，也可以不出书了，但我的“研究专集”不能不出。出了“研究专集”，我还有两本书又该如何……

这时刘书记发话了，他说：“你的书，我们有办法。由丹东市出。”他当场要牟副书记和张安阳来抓这件事。

我立刻表示欢迎和感谢。我说，可见家乡人是支持我的。

之后，席间互相插话。

他们说：“丹东出了一个画家（邵宇），出了一个作家。”

“出书要买书号，一个书号一万元。”

我说：“在北京只要三千四千。”我说，“先买书号，再由书店征订，然后在丹东印。”

可是丹东没有出版社，在北京买了书号，按规定又不能在外地印。

我说，我这个老作家已穷途末路，原来在工厂是搞造纸的，结果年老了，现在回家乡要纸来了。

刘说："两个纸厂支持。"他叫"鸭纸"赵振宇通知丹东造纸厂韩裕成厂长。他又说："你是这两个厂的老厂长，纸厂这么大，出两本书算什么？"

这时赵厂长不无夸耀地说："去年我们厂上交了一千六百万。"

刘说："两本书要不了多少，由你们两个厂负责。你不开支，我收你的税，还不是一样。"

张安阳插嘴说："你纸厂给一百吨纸算了。"

牟副书记："那不好，还是要算一算账。"

刘书记又说："你们两个（指'牟'和'张'）办。把书稿整理好，交给张。由牟主持，两个纸厂办。"

可能这件事就这样初步定下来了。我准备再一次同他们协商。

回来在车上，赵厂长说最近不少报社来要纸，现在库里一点纸也没有。纸价飞涨，变成紧俏商品，库存提光不说，有的交了钱，也拿不到纸。

我又问他，为什么四月一日纸价由一千九涨到两千三百元。

他说，那是因为四月一日木材涨价。

他又说，可能七月一日纸还要涨价，因木材价格还要涨。这一涨就是40%。

所以你赶快给穆紫（魏伯的女儿，在人民教育出版社工作——编者注）打电话，请她叫湖北教育出版社快来提纸，一是晚了怕提不到，二是怕再涨价，以后不好办。

听说北京温度到了三十八度，丹东只有二十七度。纸厂以为你也会来，还说去车站接你。我说明年暑假我们老两口带孩子来。今天席间刘仲文也问到你为什么不来，他已发出了明年来休假的邀请。丹东真美，江边公园修得十分赏心悦目，真是不可不来。

雷加

1988年6月15日早5时半

2007年9月，雷加参观北京鲁迅故居，并签字留念“鲁迅精神不死”

三

伊苇：

二十日我由“鸭纸”搬到“丹纸”。丹纸招待所正在重建，所以住在金笔厂招待所。这里离纸厂近，条件也可以。招待所有食堂。

这两天同“厂志办”的同志谈，知道他们对一九一九年建厂后及我们来接收工厂那一段，搞到不少资料。

2001年4月，雷加重访卢沟桥、宛平城

我个人还想了解抗美援朝后工厂曲折的发展，及其前景。

下一步，我准备去三道浪头、大东港、大东沟苇塘和大陆岛。

将来辽东半岛的发展，以大东港为龙头，带动丹东、大连两翼，其所及之处可通鸭绿江上游通化、临江和佳木斯一带。

食宿均正常。招待所有淋浴，用电，淋浴器是沈阳出

2003年5月，雷加在圆明园

产，接通电源随时可洗。水由温而热，每次耗电不多，水流很细，我估计每次有两三盆水足够用。

我决定明年夏天和你带两个外孙到丹东来。要王晨好好学习，考个好学校，明年让他来看看这个十分美丽的江城。

雷加

1988年6月23日

卷二　二十五信

引言

书信和财宝同价的话，我愿意遗失财宝而不是书信。财宝可以失而复得，书信的遗失却是一去不复返了。我“文革”以前的书信全部荡然无存，它留下一片空白。这是一片无法追寻的空白，也是不能弥补的。

从 1976 年起，我开始有了“信稿”。因我记性不好，信稿可以兼做备忘录用。后来积少成多，至今全部信件都保存下来了。

意外的是我又发现了二十五封信。这二十五封信是我由 1973 年起至 1977 年写给我女儿刘甘栗[①]的，由她保存下来了。

写这些信的缘由与“文革”有关，与他们夫妇二人经历有关，与他们新生的儿子有关，也与我的生活有关。

我的女婿王琪[2]是新一代的青年。60年代初掀起一股不考大学宁要参军卫国的热潮，他就是其中的一个。他属北京军区，先在野战军由战士、班长、排长，又八年连长，一直干到现在的军级干部。我的女儿刘甘栗原是北京大学国际政治系学生，毕业那年正值“文革”，因属“可教育好子女”，被分配到边远农村任中学教师。因营养不良和劳动过度，罹致一种无名的疾病（症状类似肌无力），至今未愈。

开始他们二人都在外地，又两地分居。后来王琪驻军移防山西大同，甘栗也设法调到大同工作，生活条件艰苦，无力带领自己的儿子生活。他们的儿子王晨，从生下来就是由我们两位老人带大的。

这二十五信的跨度，正好是王晨从生下来到四周岁。孩子一天一天地长大，一天又有一天的变化。这些变化是细微的，看得见的，又是一瞬即逝的。这些变化都会在父母心中留下深深的感受，有的甚至一生都不会忘记。不在孩子身边的父母尤其渴望知道这些，这二十五封信就是这样应运而生的。王晨生活上的操劳全由姥姥一人包下来了，我只能从旁做些粗活。除此之外，那几年我也处于大动荡之后求静的心理，随时把我看到的写下来给王晨的父母寄去。当时我想把我看到的，也叫他们看到，就等于他们也在孩子身边。我付出的代价使他们二人能够得到安慰，也是应该的。

这真是一个难得的机遇，使我无意中把一个孩子的成长过程，如同画家一样把它描摹下来了。不是这个机遇，难得留下这些信件。

今天我再把这二十五封信读下去，虽感不足，但也没有废笔。甚至感到缺少的虽不可补救，而已有的这些描写，又是一笔不能缺少。由于四年来一笔一笔的记录，才完成了这幅还算完整的图像。这幅图像又是不少人童年生活的重复，正因此它永不失色，任何时候任何人读起来都会十分有趣。我很喜欢“从小看大”这句俗语。在我这些记录中，将会得到什么验证呢？人的可塑性很强，将来的事虽难以预料，如能用这些书信中勾勒出的童年速描作为将来的对照，那将是别有一番情致的。这确是一本线描的画册。它的每一笔都是生命中的一条印痕，它是那样可喜又是那样耐人寻味。这二十五封信又是一种爱的射线和爱的回流。由我把一个婴儿的成长记录下来，寄给他的父母，父母的爱因此再流向这个不在身边的婴儿……

其中也反映了当年的社会生活。那时托儿所尚不普遍，只好找人寄养。这些人对婴儿的爱，又是那样可贵。

1976年唐山大地震，这里也有所反映。

这里留下了我个人的生活记录。

“文革”中我下放房山县劳动改造。北京市文联属“砸烂”单位，我只能调回市文化局搞创作，后来回到北京市文联才重新恢复工作。

其中记载了我要求调机械局工作的动向。这种动向已不止一次了。我的创作情绪常常波动，凡有低压袭来时，我就处于创作与实际工作孰轻孰重和何去何从的考虑。我曾想调到机械局，也曾想调到中央某个部门……

一直到1977年，“文革”结束，我的创作生活中断十年了。这时，我应该有一个新的起点。这个起点就是我在《人民文学》杂志上发表了一篇《开端》的散文。这是《人民文学》编辑部邀我重游黄河写下来的。我估计这是他们有意让一位老作家在“文革”后站出来“亮相”，对此，我衷心地感激。《开端》一文，我不满意，又改写为《黄水谣》，有人读过说，这一篇写出了一位领袖与农民的血肉关系。从此，我的散文特写创作一发而不可收拾。这是我创作上的一个转折。我有意识地暂时放弃了大庆油田和三门峡工程的长篇写作，而转入介于散文和报告文学之间的特写的写作。这里有一个得失权衡和及时反映现实问题，也有一个作家今天如何深入生活的问题……简而言之，当今世事运转甚速，长篇巨著的完成当然可贵；但另外一些人想，如果因为长篇耽搁了十年，要想再追上时代步伐就非常困难了。于是我选择了后一条路，迎着时代走去，每年写它十篇“时代特写”，也许更有所得。

我的“时代特写”，统统叫着散文，我由长篇创作转向散文创作就是这么来的。

幸好这些信里可以找出一点转折的端倪。

王晨今年十八岁了。他现在在北京师大一附中读书，他的父母当年也都是师大附中的学生，父母二人在学校相识而后相爱的。为了庆祝十八岁生日，老师让学生每人写一篇《十八岁》，这是颇有意义的题目，同时学校也请家长们写这么一篇。几十年过去了，两代人的“十八岁”，又有什么不同呢？儿子由此看到十八年前父母亲的生活，父母也由儿子的文章中看到现代青年又是如何生活的。现将刘甘栗所写的《十八岁》附在书后。

雷加

1991 年 11 月 11 日

【注】

① 刘甘栗为雷加的女儿。1946年出生于朝鲜新义州。在北京读小学。初中在北京师大一附中、高中在北京女五中学习。1970年毕业于北京大学国际政治系。曾先后在辽宁省康平县、山西省大同市工作过。1979年起在原国家计生委现国家卫生健康委员会工作，主要从事人口和计划生育政策研究，曾任研究室主任、巡视员。

② 王琪为雷加的女婿。1943年出生于北京。在北京八一学校读小学。初中、高中均就读于北京师大一附中。1962年高中毕业参军。在野战军历任战士、班长、排长、连长、师教导队长。1976年调石家庄陆军学院，历任中队长、大队长、训练部长、院长。少将军衔，2002年退休。

一

王琪：

寄来的布票收到了。

甘栗母子均好！看来姥姥很喜欢、很满意。因为家里多了一个可以百听不厌的使她唠叨的对象。

我已于24日回京，仍然分配在文化局搞创作。心愿达到了，写作什么，把握倒不大了，慢慢熟悉和提高吧！

几乎同时部里找伊苇谈话，叫她五一节后上班，仍搞劳动工资工作。因国家计委要抓这项工作，恐怕还得常常出差。

祝五一节好！

雷加

1973年5月1日

二

王琪、甘栗：

说起这家杨姨，的确比上一家好。她是马路对面公用电话刘姨介绍的。杨家是建筑工人，也住在对过后楼内。杨姨身体好，耐心好，心地好。她看见给小晨打针，自己还会哭呢！8月2日，我8点刚过，去她家一看，她早已抱着小晨去防疫站了。我亲眼看见给小晨打针的。针头扎进去，待了一会，小晨才咧嘴哭起来。等他哭时，针头早已拔出来了。星期六晚上，杨姨带他乘凉，姥姥把小晨抱回家来。小晨的眼睛似乎很够用了，站在屋当中直向电视那里望。他也会甜甜地笑了，腿也能站起来了。后脑勺似乎也凸出一点了，甘栗说我很喜欢这张照片。我以为小晨 80 天有那个神气，似乎除了身心健康之外，从小就富有一种英武憨厚的气质。我喜欢的就是这一点。有一天，姥姥刚抱回来不久（那几天我下乡了）杨姨就跟着来了，说要吃奶了，要干什么了。总之，杨姨按自己的意志办事，不要别人插嘴。看来，她有经验，爱孩子，我们也因此放心得多，至少不要担心那些闲杂事，也不担心她会突然把孩子送回来（托放的第一家就是在一个早晨把孩子突然送了回来。—— 编者注）。我想你国庆节回来看看，也一定会大为满意的，所以就用不着睡不着觉了。

雷加

1973 年 8 月 5 日

三

王琪、甘栗：

促使我写信的是小晨——

每到星期天上午，总要接小晨回来。差不多 11 点左右，杨姨又把他接走。

这个礼拜天，小晨一回来就要哭。这是他的进步——因为他不但会认人，而且也对房子和环境有感觉了。

小晨很能喝水，喝起水来像喜欢啤酒的人，一大口一大口的，因此撒尿也多。每来一次，不是撒两次，就是撒三次。

亚非拉乒乓球赛开幕那天晚上，他也参加了——杨姨抱着他来，他对着电视不哭不闹，如同参加盛典一样。

现在，他更胖、更有劲，一刻不停地动着。他总是比别的孩子懂事早——见别人吃饭要抓饭碗。现在他不肯躺床，要人抱。后来腰杆硬了，还要立着抱他，不立着抱他就哭。现在呢，如果抱着的时候也哭，用两手架着他的胳膊站在地上，立刻就不哭了，并且两只脚尖像跳芭蕾舞似的。所以，他的胖脸虽然有点傻乎乎的，可是他的愿望和动作却比别的孩子强烈得多。

转眼5个多月了。9月2日上午，我用135相机给他照了几张照片。照片上有杨姨，有杨家小妹，打算下个礼拜天再照几张，一齐冲印出来，给你们寄去。

前几天，我给他买了一辆轻便可以折叠的小推车，但因他的脊椎仍嫌太嫩，准备隔一两个月再给他用。

也是9月2日，杨姨用毛巾被把小晨包起来，我用弹簧秤秤了一下，你们猜猜看，已经超过20斤了。杨姨记得9月6日再给小晨打针，你们放心吧！

甘栗的棉衣，杨姨慢工出细活，前两天刚刚做好，还有你们要的窗帘是否一起寄去？

雷加

1973年9月3日晚

四

王琪、甘栗：

我要告诉你的：那天晚上小姑特地把小晨抱来，要他表演走路。全屋之长，小晨走起来全程勉强，半程是没有问题的。因为他会走了，手也更有用了，见了什么都拿。因此，不得不把我的小书桌搬到里屋。那天晚上，小晨一次就吃了一个香蕉。今天来，捏一小块蛋糕给他，他不吃，不知将来他吃不吃馒头。

你妈妈病已好。

另有，你也该开一个账单来，看看有多少"赤字"。

千万不要影响你们健康生活所需要的。

雷加

1974年4月2日

五

王琪、甘栗：

今天上午，把小晨接回来。他已会走了。小姑说，在她家可以走到厨房。回来后，果真也能由中间屋子走到厨房去。回来以后，他对什么都有兴趣。他一会拿起长拖把，一会去转自行车的脚蹬子。最感兴趣的是用汤匙敲我的烟灰缸。本来计划今天抱他到照相馆照相，但刮了风，只好下个星期再去。也计划照了相之后，给小晨推头，推个光头，叫他头发长好一点。但固执的老太太拼命反对，只是为了推光了不好看，却忘了推了光头以后长出头发来更好看。这事你须来信和我站在一个立场，反她一通。

前几天你妈妈病时，小晨也有一点小病，流清涕，咳嗽，由我买了两瓶消热散，服了就好了。

雷加

1974年4月14日

六

王琪、甘栗：

这一阵，小晨没有病，各方面都有进步。他会咿呀自语地叫“妈妈”。说“再见”时，不是摆手，而是把手指弯曲几下。他也会说“羞”了。说“羞”时，用手指划着自己的脸蛋。虽这样，也偶尔尿裤子，此事并不知道羞。一说鼻子，他又会做怪样子，大概在嘲笑自己尿裤子吧！

21日，星期天，上午天气很好，由我带去大北照相馆。本该上星期日去，但那天大风，也该由你妈妈带他去，但她去不如我去省事。一早九点，去杨姨家，说该睡觉了，不管它，仍然换了衣服，我和杨姨家的小妹乘五路汽车，直到前门大北照相馆。

小晨这一天，穿了浅蓝色外衣，戴了从上海买回的白帽，脖子上围着姥姥的纱巾。起初头发翘起，用白帽子压了压算驯服了。先是照二寸半身。他一个人坐在高椅子上，由我用手在下边扶着，摄影师逗他，刚一微笑就照上了。

然后照二寸全身，在另一个摄影室，由一位老年摄影师照。小晨虽然会走（老实说走得并不利落），叫他站那么几分钟，可有点为难。像一个不倒翁，又像大风中的旗杆，老是那么晃来晃去。地板很光，很滑，房子又大又亮，周围又有许多人在旁边看。我离一米远用手扶着他，等他站好姿势，摄影师要拍照时，我再急忙躲开。这次效果也不错，仍在他微笑的一刹那照上了。当然，摄影师、我和旁观的人都很高兴。想不到这时小晨可能有些紧张，开始摇晃，先是向后坐下，接着两脚朝天，后脑勺碰着地板一声响。这时大家更加笑起来，他却哭起来了。

摄影师又忙着说："不行，再来一张。"你看小晨多乖，没有怎么哄，就停止了哭，又站好姿势，又一次努力，又一次微笑，又一次拍照。这次再没有摔倒，以胜利而告终。

回来后，小晨先回杨姨处睡觉，下午来玩了半天。

今天，星期一，等你妈上班，我中午饭后去杨姨家给小晨剪头。杨姨怎么也不愿意，怕着风，怕难看。推头时，小晨又大哭特哭。剪完了头，对镜子一照，看没了头发，又哭。用手一摸，没有头发，又哭。但不一会就不哭了。

推头之后，小脸更圆，头形也挺好看。想不到剪头之后，倒添了三分人材。他的小头发一撮用信寄去。

雷加

1974 年 4 月 22 日

七

王琪、甘栗：

五一节好！

小晨三十日、一日都回来了，预定明天还接他回来玩。

他的相片取出，一份两张，先寄去一份一张，又加印了，加印之后再寄去。

这信是取相片之前写好的，便于取到照片后更快地寄给你们，所以，不多写了。

近日来我们下班后常把小晨晨抱回来玩，八点半到九点再送回去睡觉。回来后他的肚子总塞得饱饱的。但他饱了之后，一点也不多吃。最近他身体很好，脸红红的，胖胖的。能在几间房子里走来走去。他喜欢吃鱼。又给他买了两件白格布衫衣（长袖），你织的毛裤现在穿正合适，外衣也合适。

五一节后我可能出差，先到天津，再去上海、常州、苏州等地。

雷加

1974 年 5 月 1 日下午三时

王晨一周岁，在北京新大北照相馆拍照

八

王琪、甘栗：

五十元收到，花生也收到。你妈妈已把花生米收在铁盒内，正式宣布“这是我的花生，谁也不许动”。

现在她出差天津大约七八天可回。上个礼拜日，我和她带小晨晨去陶然亭公园，绕园一周。他坐在专用小车内，俨然一位“小公子”。他对家中一切东西都有兴趣，见什么拿什么。不让拿的，也不强求。由于杨姨常带他出来，一出来就锁门，所以他见到钥匙就眼熟，连自行车的钥匙他也认识，常常把车钥匙拿下来，又按上去。给他剪指甲，手的、脚的，都不在乎，乖乖的让你剪掉。现在似乎小玩具也可以，大玩具更有兴趣了。大到如拖把，见人拖地，他也试一手，甚至大到要玩自行车，他能把脚蹬子转个不停，如同车轮在飞转，自鸣得意的样子，实在好玩。那天到陶然亭，一路上目不暇接，什么都是新奇的。好像他有一点见物不见人的样子，见了人，比见物总显得冷漠，他的眼睛在一个人的脸上从来不停五秒钟。只有你的脸迎着他，他的脸从不迎着人，当然，杨姨的脸除外。

家中生活照常，我每星期四、五、六去机关学习。吃饭问题，很好解决，一两个人的饭，谁在家谁做。已经成为一种格式，既简单，又要有营养。把做饭的时间压缩在一个小时以内，或者用快速做法，这样，倒不觉得麻烦。生活嘛，也是一种乐趣。我倒是很爱惜时间的，现在依然如此。一有时间，就看点什么，一分钟也不浪费，但总不能太死板，没有花样。时间安排得好，也是种调剂。所以，即或你现在回来，我也不能叫你一个人做饭了。也许有几天，精神压力太大，或者，我若太累的时候，那就不想动了。

雷加

1974年5月11日

九

王琪、甘栗：

我最近学习较忙，由上月27日至本月13日办学习班，现已结束。以后每星期只学习两天。

现在，每个星期天，或者一、三、五的晚上，都有小客人（小晨晨）来临。他把这里当做第二个家。说“出去”，他就会往右拐，去开门。说“去洗手”，他又会往左拐，到厨房去。这是他的进步，但也有退步之处，他的口水越流越多了。因为他懂话较多，已训练他，说一声“闭嘴”，他就把嘴巴闭起。只是不懂得叫他闭嘴是为了不流口水，所以一张嘴，口水就又出来了，前胸仍湿那么一大片。

这孩子不算漂亮，怪不得他大舅说，“那鼻子，破了相”。他爸爸王琪的鼻子很不错，你的鼻子虽说不上好，也仅次于王琪。小晨晨的鼻子并不太小，只是脸上两块肥肉隆起，于是鼻子就退位了。他自己并不注意自己的鼻子，他也不在乎别人如何评论他的鼻子。因为他不大注意人，有谁看他，他是不在意的。正因为他从来不对视别人的眼睛，别人对他来说，似乎并不存在，对他鼻子的评论也等于对牛弹琴了。

可是杨姨说，那附近连同小晨有两个孩子，都说小晨“厚道”，说那个孩子不那么“厚道”。小晨倒是蛮有人缘。抱他回来，一路上大人小孩，都喊他的名字。而他也像个大人似的。有一次，小晨一头撞在杨姨怀里，杨姨坐在电线杆下边，旁边有六七个人在下象棋，小晨又马上转身走到人圈子里，攀着下象棋人的肩膀，仿佛老朋友一样。

我以为小晨比一般孩子懂事得多。他喜欢的是拖把和打气筒。一只手可以举起一个小板凳。他喜欢自己动手，比如用小勺自己吃饭。前一两个月，他一来就直奔桌子，因为桌子上我心爱的东西，也是他心爱的东西。他一下子扑过去，两只小手就忙不过来，拿了这个又拿那个，拿了上层的，再拿下层的。因此，我不得不把小桌搬到里屋去。怨我没有什么涵养，不该当他的面，甚至他一进屋，我先去搬桌子，所以，有一阵，他似乎对我有些生疏。这从他对姥姥的感情迅速上升的对比中，可以看出来。可是有几次，我没有搬桌子。当他要拿什么时，只要说声不动，他就不再动了。怨不得，杨姨家的花草完好无损。而我们家里的花草他也不是一见了就揪一把。他是挺讲理挺文明的样子。别人说他“厚道”，恐怕就是由此而来吧！

小晨晨的生活用不着什么担心。你不是问他每天吃些什么吗？我想，他有自己的食谱：即他的牛奶，他的糕干粉。另外，他还会跟着大人一起吃。我曾担心这孩子为什么不吃硬食？这也不用担心，只要他在发育，只要他有所需要，给他什么，他会吃什么。或者说，吃稀的满足不了需要，自然就会吃硬食了。他曾一天吃过两根冰棍，拉了一天肚子。一次，他回家来，看我蘸酱吃小葱，他也拿起小葱在酱碗里蘸了蘸，用小牙叽的一声咬了一截。我曾对小姑说，当他吃糕干粉时，可以掺一点玉米面，这样可以锻炼他的肠胃。小姑说，他们吃窝头时，他也跟着吃呢！看起来，小晨晨并不娇贵，不是一生下来，就当公子哥儿的。他的方向是对准了广大的劳动人民。

因为他流口水，前襟总是湿的。因为他爱动，两手总是不大干净。他的衣服，不是大就是小。他的衣服也只能干净五分钟。时间在变化，他也在成长，所以很难得把他弄成画片式的人物。前两天姥姥给他买了凉鞋，说是发滑、烧脚，仍在穿自己的布鞋子。杨姨有病没有给他做鞋，街上又没有卖的。据姥姥说，不是底薄如纸，就是厚得可以穿一辈子。有一次真正可笑，小晨晨穿回来一双布鞋，可能小了，所以把前面铰开，看去就好像从岩缝里长出五个花蕾。有人在五路汽车站看见我，说：小晨晨十个小兄弟都出来了。我一时不懂，她说的就是十个脚趾头都露在外边。这大概也是一种气概，一种不怕笑的气概，英雄本色的气概。

所以，他并没有一套全新的衣服。胸前老有一片水印子。有时，上边一件大的衣服，下边一条短裤，或者相反。而他的鞋，永远不大合适。可是总的说，衣柜里还有好些好衣服，比起别人衣服还是多的。从各方面看，如果在自己家里，姥姥会把孩子养在房子里。如果是一个妈妈，也会像一盆花似的把他放在窗台上，既想让孩子晒阳光，又舍不得离开太远。而现在，他在杨姨那里，却是整天生活在院子里，有光、有水、有沙土，这样的草应该长得好了。因为我这一代，就是这样长大的，抵抗力强，一直没病，任何环境都能适应。

雷加

1974 年 6 月 25 日

十

王琪、甘栗：

底片，收到了。放六英寸一张，加印四张。10 月 10 日取。因为杨姨要，这位新的刘奶奶[①]也要。

节日，由刘奶奶那里接晨晨回家住了两天。头一天晚上，睡在姥姥床上。喝了奶，就闭眼睡着了。第二天一早，姥姥在厨房，他独自一人睁开眼在玩。因此，姥姥十分满意，她感慨地说："不带小孩睡觉已 20 多年了。"

10 月 2 日下午 5 时送晨晨回去，刚上二楼，他就要敲门。进了门，他就像回家一样，见了梨就拿。我是悄悄走的，因此未听见他的哭声。

节日晚上在楼顶上看放烟火，看是看了，晨晨倒不像你所想的那样手舞足蹈，他仍是那副冷冷的认真严肃的神色。

4日我又去送晨晨忘下的两件衣物。他见了我，并未张手欢迎，仍是那副冷冷的样子。正巧刘奶奶要带他去公园，一同出来。他一路上牵着我的手，另一只手小姐姐要牵，不行；刘奶奶牵，也不行。刘奶奶说：“好，看你爷爷走了，你跟谁呀？”

立青上月28日回家了。预定本月15日回部队。他把部队一套有礼貌的亲热气氛带回来了，也把一套天真的看人看物的眼光带回来了。看来他急着找对象，但想法又不合实际，我们正在做他的思想工作。他回部队的归途不可能到你那里落脚，因带的东西太多。

你妈妈从部里换来一张略窄的弹簧床，又换来两张沙发椅子……我看这两件东西很适用。

雷加

1974年10月5日

【注】

① 杨姨正式上班工作了，新托的刘奶奶家住在月坛。

十一

王琪、甘栗：

你妈妈写了信，不知发了没有？

你这么久不来信，原来以为你病了，想不到却是摔了。摔了之后，一定要吃几服中药——舒筋活血的药，或者吃活络丹之类的。不可大意，免得留下后遗症。你妈妈说，如可以，你就回京来治治病，住些日子。

最近，因学中央26号文件，较忙了些。本想上个礼拜接晨晨，你妈妈又病了（感冒）。这个礼拜无论如何要去接他。原定礼拜六干部参加劳动，我打算请假，好去接他。

我现在老是想，晨晨知不知道哪个家是他真正的家。我去看他时，他有时不在乎，有时又恋恋不舍。我总觉得他对刘奶奶没有对杨姨的感情深。他是有记忆的。那么他对我们和对杨姨的家，又是哪一个印象更深些呢？

晨晨的棉被早已做起来了，买的是新里新面。你妈妈说，他一直可以盖到上学那一年。

因市里12月份准备召开创作会议，我借此向文化局提出要求调动工作，已蒙他们口头表示同意，且等些日子再看如何调动和安排吧！

最近北京也很冷，不过15日就烧暖气了。

雷加

1974年11月14日

十二

王琪、甘栗：

16日下午我去接晨晨。

这像是一个节日。我一点半出发，二时到达。晨晨仍在睡午觉，刘奶奶说，他三点多才能起来。但我又等不及，由小姐姐帮助（用小手捅晨晨的脸），他醒来了。有些不耐烦，捧一大瓶水在喝。喝完了水，他才起床。屋子有些冷，暖气管坏了，暖气不来。晨晨一直是面无表情，但他听到我的声音，我又一连说着“晨晨回家去”，他明白是要到外面去，并不一定知道什么叫“家”。这事当然也由刘奶奶替他换衣服而更加明白了。一切收拾妥当，他摇着一只小手和刘奶奶说了再见。

下了楼，又走了一段路，因他穿得多我就抱不动了。出了门，我让他自己走。他很高兴。脚穿红皮鞋，身穿蓝罩衣，头戴绒球帽。在一家照相馆附近，他蹿前一步，用手指着那些相片让我看。

上了公共汽车，晨晨仍然面无表情，只是望着窗外。

下车到了大门，他似乎有些记忆。上楼，进了门，他又像什么都不记得了。因为他不去开门，站在门边发呆。这么发呆了半天，既不说话，也不答应。我拿橡皮熊猫给他，他也像是不喜欢。原来他干了一件大事——站着撒尿，尿了两裤兜。

本来刘奶奶临走还说："晨晨进步啦，告诉他便盆，他会尿在盆里的。"但是临走喝了一瓶水，虽然刘奶奶把他尿，但我不知道尿了没有。这时我想，他一定没有尿，而在车上一直夹着，那么，一进门便来了这次神圣的见面礼。

幸好姥姥有预见，叫我再带一条棉裤回来。只好给他换上。换一次衣服，麻烦太多，足足费了 15 分钟。

屋里生着炉子，把他的绒裤、棉裤一起烤起来。这时他多少有些活泼了。但不久，脸色又阴下来了，几乎是在嘟着嘴，皱着眉，好像有谁追他似的，小步小步地往后退……到底怎么了？我真莫名其妙。待了一阵，他又变成戴着脚镣的犯人似的，一步一步地蹭着，规矩倒是规矩，可是哭脸破相的，好难受呀！

那时，我没戴眼镜，最后，我发现地上有些鸡爪子似的印子，活像一群小鸡在水塘里跑出来，践踏了一地。

我这才恍然大悟，原来你这个宝贝儿子，第一泡没有撒痛快，没有一刻钟，又来撒第二泡了。这次是痛痛快快的，一泻千里似的，把两裤腿都尿透了。

第一条裤子没有干，第二条又湿淋淋的，又没有第三条裤子，但也不能叫他光着屁股呀！那样，我这个做爷爷的，就太不聪明了。那么，另有什么办法呢？要不，我同他一起躺在被窝里，要不，我敞开大襟把他搂起来。不，只好找一条干毛巾，像骑马似的给他衬在两个裤脚里。这样，你的儿子，就变成骑士了，在屋里摇摇摆摆地玩起来了。……

这时我在举行“实验”了，实验晨晨的“家”的观念：

先是把旧玩具给他……

又把照片给他，叫他指出爷爷、姥姥、舅舅、妈妈、爸

王晨和爷爷、姥姥

爸……他似乎也认识。原因是上面也有他自己的像。

最有意思的是他那把小竹椅，现在挂在厨房门口墙上，他知道是他的。

另外，他要画。用一根红铅笔在一本《北京文艺》上画……不扯，只爱画，这似乎也是在家里养成的习惯。

他也未忘记我的打火机，我又如何卷烟……

后来，他又从桌上捡起一根牙签，把它送到我的嘴里……于是，“实验”便完成了。

现在，他会说两个字的词了，又会“美”一个。刘奶奶说，他会说好些新字。因为无法引导，不知是些什么字。不过，一般话他都懂得。

有一次，我要打他，先在他屁股上拍了一下，他立刻退到对面的沙发上，把嘴一撇，撇得那么厉害，以为他马上就会哭起来，可是一哄又好了。

现在，他会做事情了。吃完饭一定自己收碗，一次拿好几个，往厨房里送。他最爱吃橘子，一次可以吃三个，大口大口吞。

越南橙子，有些酸的，他一次可以吃一个。

姥姥给他一块饼干，当他知道那个饼干桶之后，他自己从那里又拿了一块。一个人在那里偷偷地吃，身子靠在写字台上，手摇着转椅，在那一口一口地嚼……

晚上，一下子就睡着了。

今天中午，闹着不睡，可是脱了棉衣之后，就睡着了，并且打着鼾声，不小的鼾声……在阳光中，这鼾声似乎更亮堂些。

大同如无跌打损伤的药，可来信由北京买去。如仍不好，可回北京治。

挂面一类的，如要，速来信，可找人带去。

雷加

1974 年 11 月 17 日

十三

王琪、甘栗：

你们最喜欢听晨晨的事。这几个月，一共接了五六次。平均一月两次。只是最近几个星期，因姥姥有病及出差，有三个礼拜没有接了。北京新年只一天假，计划二十九日、一日连接两次。总之，晨晨并未忘记“家”，我这次去，因他不会说“回家”，只说“玩去”，大概也是“回家”二字的反应。

甘栗的胳膊究竟完全好了没有？没有完全去根，就得考虑回北京来治。这次甘栗回京，也可以此为理由多请几天假，但不知王琪能否回家。我人老了，对团聚也殷切了。你们如能在 1 月底回来最好。你们回来一起过新年，就热闹些。

再说，我的工作（可能在北京市机械局或市工会，文化局初步同意了这个意见，最后待市委决定）届时也可定下来了。

雷加

1974年12月26日

十四

王琪、甘栗：

三个星期之后，发现晨晨有很大进步。

听不见他的哭声，这是他一直有的优点。

回来之后，他一个人玩半天积木。我估计他会喜欢积木的，果然如此。他表现为一个沉静的用心思的孩子。

他已会发出各种音阶，如看图识字上的单音，他都可以跟着说出来。

他显然认为这是他的家，对一切都有他自己的记忆，并且记忆是很强的。前一次，我曾把你和王琪的相片指给他看。这次，我问妈妈在哪里，他会跑进里屋指着你的相片。你俩相片压在玻璃板底下，一次，我说，和你妈亲一个吧！他就隔着玻璃响响地亲了一下。

最满意一点，他不再把爷爷、姥姥当做似是而非的人了。他叫得很亲切。他会说，“爷爷开——姥姥”，这是说他要我开门去找姥姥。晚上睡觉，他认为应该睡大床，认为旁边应该是姥姥而不是我，于是当我躺在旁边时，他会推开我，要他的姥姥。而这也是姥姥心里最高兴的了。

他像地上的一棵草，样子虽不动人，但绿色是它的生命。

最近我这样想：你们可能领不走了，就让他留在北京吧！不能没有星期天，星期天也不能没有晨晨。我相信以后的孩子决不会有像晨晨这样听话懂事的孩子——他只给我们快乐，并不带来烦躁。

这次，我发现他变坏了，也是变得聪明了。以前，我由刘奶奶家抱回来，他还走一段路，但这回，他一步也不走。刚把他放到地下，他就跑到我前面，张开双臂……这时，我虽气喘，也只好抱着他走。

还有，每次他一说“尿”，就会做出另一种姿势，背着我，也张开两手，这是要我这样抱他到厕所去。

这次接他回来，我要生炉子，当点燃火煤时，他一个人一直玩火叉和炉子，一边还不断地喊“火”。

他一见铅笔，就喊要纸，有了纸就一个人写……一直到我送走最后一个客人，他仍坐在那里写。

他会带着感情地喊姥姥喊爷爷——为了要一件什么。他除了要什么，还不到给人什么的年龄。

舅舅喊他时，他会答应："唉！"一跑过去，可以玩半天。显然，他是喜欢两个舅舅的。

一次舅舅给他戴了贝雷帽，他跑来给我看，跑着的时候，还一边笑，一边喊："一二一。"

这一会儿工夫，他又玩了两段小把戏。

一次，跑在小板凳前面，拿着水瓶，仰起脖子，弄得咯乐咯乐地响。

一次，他拿起火钳来，爬上沙发，去捅我的新的落地灯……看，他也会淘气呢！

又一个故事，我给他两种姥姥买的糕糖，一块放在他口中，一块放在他口袋里。一转眼，两块都没有了。我追问他，他拿起沙发上的小胶皮人，指着小胶皮人的小嘴，意思说小胶皮人吃了……

饭后，31 日晚，看电视时，他本来坐在小椅子上，以后他来到我旁边，和我一起坐在沙发上。

不一会他就去玩积木了。一边玩，一边看电视，正当摩洛哥国王出席时，他却撒尿去了。

临走那一天下午杨姨家小姑来了。他正睡觉，似乎还认得，等杨姨来时，赶上他要换衣服走，他不要杨姨，以后小姑又抱回他家给大家看。他一直也不要杨姨……这是因为小姑来看过他两三次，杨姨一次也未见过，似乎真的忘记了，还是怎么的，我说不清楚。

以上潦草书此。

雷加

1975 年 1 月 2 日

十五

王琪、甘栗：

家里的事，完全安定下来了。这当然在以下两方面。一、张奶奶[1]这人，似乎是个又精干又一心一意的人。过去请来的人，还没有能超过她的。如她问过一共订了几份报纸，何时来报纸之后，她就当做公事一般每天去取报纸。清洁卫生，她每天照着规矩办事。做饭买菜诸事，也都慢慢上了轨道，谁爱吃什么，每天买什么，她都按照大家的意思来办。有时，她也坐下来和我们商量些事。她说："调着花样吃，可要多花几个钱啊！""鸡蛋不多啦，每早给你们炒两个，晨晨可愿意吃咸蛋"之类。还常常提醒买手纸啦，买副食啦，等等。

二、再就是小晨晨啦。为了纠正他不好好吃饭的坏习惯，大家一起努力，已收到初步效果。零嘴少吃了，能吃整顿饭了。他一定十分想妈妈。你走后，在他对面墙上挂上了你和王琪的相片，他常常说这是爸爸、妈妈，神情是依恋而又肯定的。好像是说，这爸爸妈妈是他的，不是别人的。但他并不以大同为家。姥姥出差去广州收拾东西，也叫他带上衣服到大同去，他说："我不去。"或者说："等一会。"从来不说到大同找妈妈去，或者说他要找妈妈，但他不去大同。看来，他对于较大事物，已会形成概念，其中有分析和比较。他除了说大同没有电视之外，恐怕还会有其他，所以，他认为北京比大同好！或者说家比别处好！他的头脑里是否已形成家的概念呢？当他晚上在外面待晚了，他吵着回家去。当他在姑奶奶家和小姨玩得高兴时，一看姥姥要走，他也急着喊着要走。

应该说他现在已有了性格特点：喜欢动，但并不乱来。他喜欢模仿，也有一定方向。我发现在这一点上，我在他眼中仿佛具有一定力量——他在模仿我。我往往一上午坐在沙发一动不动地看书，他也能够一本正经地捧着一本书坐在那里不动。我晚上帮助张奶奶算账，于是那个小算盘也变成了他的玩具。他用手拨着算珠，并且嘴里念叨说：三毛六、一毛八……最讨厌的是，每当小舅修车，一会拧螺丝，一会拿钳子，弄得满头大汗时，他的小手也伸进来照样拿这拿那，你敲他也敲，你拧他也拧。同时，你一离开小板凳，他马上坐在上面，仿佛修车的不是小舅，而是他了。

他也有一股蛮劲，当家中只有张奶奶一人，而他觉得无聊的时候，小舅看到过，他像一头小牛似的，用头向张奶奶顶去，顶了一回又一回，就那么顶去……

有一次我回来，知道他在邻居杨勉爷爷家玩。据说，他十分喜欢杨爷爷家的小姐姐，所以爱到他家去。我考虑，他常常去，待时间长了不好，所以和他说，以后自己不能去，只能由我带他去，不能他要去就去，就是说不给他主动权。以后，他在楼下走过时，只好斜眼望着杨爷爷家的窗子，就不那么招花惹草地喊“杨爷爷”了。有一天，他又自己去了，我当时就叫小舅把他领回来。事隔五六日之后，我又领他去杨爷爷家，走到楼梯处，说了一句：“小姐姐有书。”接着又说：“小舅来啦。”我问：“小舅来干什么？”他说：“小舅说，走！回家！”这几句话说出了那天小舅找他回家时的具体经过。

他的智力大大提高了。他在电视上能分出阿姨叔叔，也能分出好人坏人。他十分敏锐地懂得坏人的形象，只要一出场，他就喊：坏蛋！

我发现他咬字很清楚，只是不会说民、瓶。人民日报，他说成人“令”日报。现在正在慢慢纠正他。

你妈妈已去广州，我在读书班，匆匆写此。

雷加

1975 年 6 月 16 日晚

【注】

① 新请来帮忙做家务的老阿姨。

十六

晨晨纪事：

一、有劳动的愿望，从其中也看出他尊重秩序，注意观察。如，拖地板，倒烟缸。

他倒烟缸时，先将瓷烟缸的烟头倒在铁烟缸内，再将铁烟缸拿到厨房。因为我是这样做的。

二、他自学精神好，他的语言都是从大人的语录中来，他听多了，有时用上一句，也用得蛮好。有时也从电视中学来，如天安门、解放军、打枪……硬教他说什么，倒不成功。如，唇音至今说不好，吃饼叫吃“顶”，放屁叫放“提”……

用得好的：客人来，请吃糖。客人不吃，他说：“吃吧，没事！”

三、小舅是他打架对手。

我买的绿豆糕，小舅吃了一块，他不让，说是爷爷买的，又说是他的。接着他要小舅领他下楼，马上又改口说绿豆糕不是爷爷买的了。

四、一次把自己的拖鞋卖了。

他坐在楼下台阶上，脱下拖鞋，不想穿，一个阿姨问他怎么不穿上，他说卖给你吧！阿姨问，卖多少钱？他说，两块。阿姨问，够吗？他说，够。

五、此人心细体贴。

一次我上凳子开窗子，要下来时，他说，我扶你下来。

我卷烟，他发现盒中烟丝没了，立刻去找装烟丝的大圆纸盒。

六、他要告状，俨然是小主人。

一天。张奶奶打了一只玻璃杯，他立刻问："是你打啦吗？"又说："我叫爷爷去，你打啦！"我正躺在床上看书，懒得起来，又不知他说的什么，我只说：什么坏了，你拿来我看。他说，拿不了。等会儿，张奶奶来絮叨此事经过，我才明白。

七、脾气也够凶的。

一天，我把电视关了，他还要看。我没说电视坏了，只说没有了。他说还有，几次要看，我不开电视，他大发脾气，又哭又闹。张奶奶说，吃西瓜吧！他说，不吃，把西瓜摔成两半，哭着跑到张奶奶的房子里……最后，仍是吃西瓜圆场。

八、另二则。

1. 有时，他把小舅也叫小琦，纠正他说：叫小舅，不叫小琦。以后遇到我们叫小琦，他也从旁纠正："不叫小琦，叫小舅！"

2. 一次张奶奶带他去买菜，遇见姨奶奶。张奶奶说："我家大小子回来啦（指立宾）。"回来时遇见杨爷爷，晨晨也学着告诉他："我家大小子回来啦！"

十七

王琪、甘栗：

妈妈已于6月30日回京。

在广州给晨晨买了一双皮鞋，大了两指，至少后年才能穿，可是，晨晨却喜欢得不得了。

晨晨会说很多的话，大半是从大人口中学到的，如请客人吃糖，客人不吃，他说："吃吧！没事。"

刚才对小姑说："你别走，关门，太热。"

关上大门之后，他接着说："关了门，不太热。"

有一次，我对他说："今天冷，把衣服穿上！"

他说："不穿！"

"冷啊！"

"不冷，热死啦！"

"怎么热死啦？"

"出汗。"

我又问："哪里有汗？"

他说："头上。"

我又问："怎么有汗？"

他说："太阳把我汗的（意思太阳晒出汗啦）！"

现在，他最喜欢每天晚饭后出外乘凉，昨天给他买了小桶和铲子，挺高兴。但张奶奶说，他爱把小铲尖放在脖子底下，不许他玩了。

接到了你们的信，知王琪已升到营部，能够解决随军问题，当然很好。

上次寄来的五十元钞，早已收到。

你带回去的那些书中，查查看有无《萧红小传》（骆宾基作）。作者无有此书。我记得我有两本，但只找到一本。如你那里有，可否寄回，送给作者。如果没有，可能就是我记错了。那就是《呼兰河传》，萧红作，有两本，你那里可能有一本。

我最近天天游泳，每次千米上下，晨晨老问我，你去“有用”吗？我说：“我有‘用’，你‘没有用’。”

雷加

1975年7月6日

十八

1. 晨晨会骂人了，又是一“大进步”。从哪里学的呢？只有在楼下边铲土时，才可以学到。

2. 又一“大进步”。他开始用铅笔在墙上乱画。这也是自然情绪的流露吧！

3. 山东小姨来了（鞠秀兰女），每天带他在楼下玩。小孩有玩小皮球的，晨晨去抱，小姨说：“别抢，看人家不高兴。”晨晨说：“那买一个吧？”小姨说：“没有卖的。”晨晨说：“商店有。”小姨问：“哪里有商店？”晨晨说：“过马路，我带你去。”于是二人到了商店，在商店晨晨领着小姨，走到卖玩具的地方……于是买了一只皮球回来。

4. 那天，我买回两盒点心（给你买的），晨晨说是给他买的。我说："不是。这是给你妈妈买的。"他说："不是。"我又说："是给你妈妈买的，你妈妈饿着哪！你看你屋里那张相片，老在墙上，你妈妈饿得都走不下来了。"他从此记住了这句话："我妈妈走不下来啦！"

5."小花匠"

他已知道了我浇花的次序、时间。

我先浇中间屋、东屋、再西屋。

大约到了下午，他常常提醒我："浇花吧！"

他最喜欢玩水，所以认为我让他一起浇花，是他最大喜悦。

我端一大盆水。盆中有一小喷壶和一个长方鱼罐头盒子。先是，我用其中一个，他就玩另一个。戒律是，不许他把水弄在外边。

浇完中间屋的花，他就把着盆边，我们俩一齐走到东屋。

他的要求是："放下啊！"因为我不放在地板上，他就玩不了啦。

最近几天，他又有了进步，他不只是要求玩水，而要帮我装水，即用铁盒子帮我把喷壶装满。其实，因为他不会利用斜角，所以水往往装不进去。我教了他一次之后，他也会利用斜角了。

利用斜角，是我今天教他的，所以他的兴致很高。但是，这时常常会发生的事是因一玩水，他的尿就来了。以前，一边去撒尿，一边叫我等他。可是今天，他又有进步，因他怕我在他撒尿时浇完了花，居然把尿盆端来了。把尿盆放在水盆旁边，他一边蹲在上边撒尿，一边继续勤恳且庄严地工作。

而且他的工作也是指导性的，常常提醒我："提这里，别提那里。"这是指小喷壶的提梁和壶把而言。

有时又说："别浇到外面啊！"等等。

6. 你们不是问他还爱不爱哭吗？

这次，不告诉你们，恐怕还得一阵才会告诉你们。

雷加

1975 年 7 月 14 日

十九

甘栗、王琪：

昨天是星期天，张奶奶一个人带晨晨去动物园逛了一上午。

王琪回到营部之后，你们生活上有些什么变化？可能分到房子吗？这次王琪提升，我感到满意的是你们的生活至少可以安定一个时期。两个人可以在一起安定地生活一个时期，这也是你们所希望的吧！

如有房子，必要的家具，如床、桌子，再买一个小衣橱等，最好你们那里有便车能捎些去才好。

家中照常。

雷加

1975 年 7 月 28 日

二十

王琪、甘栗：

11 月 15 日有“震”之后，震情步步加强——20 日各系统和地区都通知搭地震棚，并让进棚或住在一楼。22 日，有的部委甚至要转移档案，并要在地下室办公。

21 日，正好星期天，全家就动手搭地震棚了。小学操场虽划了地段，但嫌太远，材料又不足。可楼前实在没地方，房后小树之间也不理想，虽可深挖，但是风口。最后仍决定在操场。操场规定不许挖土，因下面有防空壕。但不挖也不行……

结果上半天挖了五十公分，下午将棚搭成。

棚的结构是：宽两米（一床之长）、长四米，这样只可摆三张单人床，仅留一米空地。棚内部后高五十公分，前高一米。前高后低，棚内平均高度一米四。有一些木箱板，大派用场。前后都钉了木箱板。棚之四周并无立柱。只在竖起的木板上，缚上竹杆，竹杆之上是棚盖，先铺苇两张。还有一些旧凉席，第二层铺草袋，第三层铺旧塑料布，第四层盖油毡。油毡只有十米长（此十米油毡和两张席是部里发的）。以后又陆续加工——内部挂油布、糊纸等。

现在已经在地震棚中睡了三夜了。

两张并起的单人床上睡四个人，即我俩加上晨晨和张奶奶。另一单人床睡一人，如加上木板，也可睡两个人或三人。小伙子都不肯来，他们都睡在家中或一楼。

这个棚，我比较满意，基本不透风，估计零下五度七度，均可安适度过。原因是王琪那两床羊皮褥子和家里的鸭绒被此时变成了无价之宝。

我估计零下七度，七级地震，绝无危险。再以上，就很难说了。

这次，因为今天已是阴历初五（一般初三、十八是大潮，有地震也在这前后），高潮恐已过去。但北京周围震情仍很活跃，并预言北京将有危险地震。

如果发生上述危险情况时，你们比较一下，晨晨是否去大同？（考虑你们的震情及棚的温暖及生活各方面）如将来晨晨去大同，有两个办法：一是去电报由你们来京接去；二是来不及接时，这里买票叫张奶奶陪晨晨直接去大同。

如发生后一种情况，当然会打电报通知你们，你们只要去车站接接就可以。可是万一接不到，或电报有误时，你们的详细地址，如何下火车，如何乘车，又如何找到你们，这都要你们来信交代一下。

我最近只是睡眠不大好，但精神愉快——最近我每日工作一上午，同时拟三个中篇提纲。（那是 1959 年的材料：一是写高山气象站的；一是写边疆女教师的；一是写塘沽盐滩 1948 年地下斗争的。）我准备旧年之前写好，旧年之后即着手修改三门峡长篇。

现在我手中存两篇散文，但至少半年之内不准备拿出去。

雷加

1976 年 11 月 25 日

二十一

甘栗：

五一节姥姥带晨晨去陶然亭游园。喝了汽水，吃了冰棍，他极满意。

姥姥又做了手术——左手小指尖端长了一个海绵状小血瘤。目前在家中休息。

我节前去地震后的唐山十天，颇有收获。

现在买两毛钱的肉，只看本，并不登记，这可能是对首都人民特别的照顾。

大家一致同意晨晨进托儿所。这个托儿所不错，也近，只是地震期间，不能全托，早送晚接，比较麻烦。但是，能进去，还是好的，而晨晨也特别高兴进去。这消息，他爸爸听了，一定也高兴。

我最近还可以再去唐山一次。还得到我下放过的房山县一次。答应给他们大队照一些外景，我也愿意回去住上几天。其间，我还得去电子管厂参观一天。到大同去看看你们也会安排上日程的。大概上半年就这样跑跑……下半年再坐下来写三门峡的长篇。人是要工作的呀，不知工作的人，我不知道他们怎么打发日子。

甘栗的身体和工作如何，常常写信来说说。

雷加

1977 年 5 月 8 日

二十二

甘栗：

姥姥手指开刀，后天就可拆线，现已上班，勿念。

晨晨大有进步，你们如回来，可能更觉惊奇。他每天去拿报，也会拿信。有时，他把《参考消息》放在我的背后，叫我回头看是什么。他也会去取奶，但不让他去。他会自己到食堂去买油饼。大舅在玩具展览会上给他买了一支大枪，他居然会瞄准。虽不复杂，但对如何收起来，又如何使用，一会就熟练了。他最爱看电视，可以一动不动，直看到完。他很少不讲理，闹一闹，也不那么纠缠。可是，常常要出去玩，一玩就是满身是土，有时也学些野话。但是只要随时纠正一下，也会就范。他进托儿所的事，还要一点人情手续，能进去最好，可以学些东西。不能进去，放在家里，也

上大学时的王晨

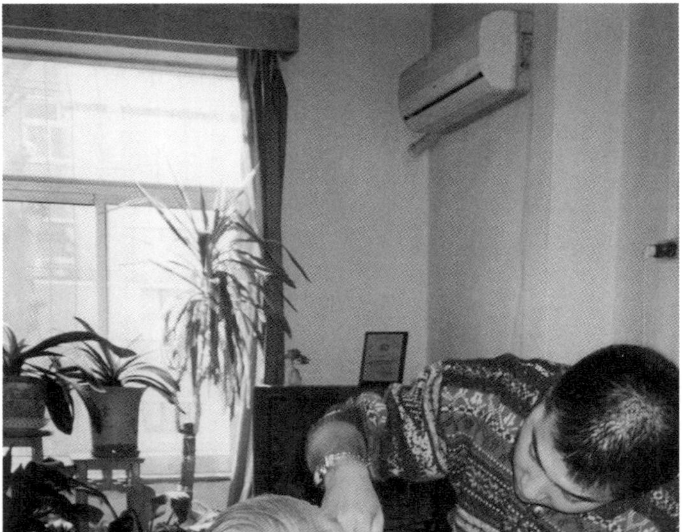

王晨给爷爷理发

坏不到哪里。现在他会说一些想不到的句子，他能看懂电视上的某个情节。我想，倘若你们再有一个孩子，也不会比他更好，更不用说那几个舅舅将来的孩子如何。从你们走以后，他一直没有病过。吃饭也很好，自己吃，一般中午吃大半碗饭，晚上也可以吃下像我的拳头大的馒头。

有很多可笑的事，讲那么几次也就忘了，等写信时更想不起来了。总之，他是有智慧的、爱劳动的、身体好的、听话的孩子。

他对我很熟悉。他知道我的脾气，我坐在桌子上，他不来找我。我写东西，有时一行写不满，他说那是浪费。

最近，北京气候也不见暖和。

菜都下来了，有黄瓜、豌豆。豆角不很贵。至于肉，每次买两毛，可以不登本，所以每天都有肉吃。

你们整党很忙吗？你那里六月中旬有无空闲，你说个大致的情况，我心中有点底之后，才好抽空去大同看你们。否则，我去了，你们又很忙，不是没有意思吗？

雷加

1977年5月24日

二十三

王琪、甘栗：

这是我第一次去亲人那里做客，心情很好，所不足的，身体却那么懒——这也许是做客心情的反映。

乘车回京，一路上，晨晨是我唯一的旅伴。开车后大约十分钟，我正在看从车站买来的《人民日报》。那时晨晨本来一直在扶窗向外眺望，忽然一声哭，继而大哭起来，嘴里喊着爸爸、妈妈……样子很伤心，有大滴眼泪为证。原来他在想妈妈。虽然平时一声不响，很少表露……回家后，张奶奶问他在大同想谁来？他应该说想姥姥和奶奶。但他回答："在车上想妈妈。"后来，在车上十一个小时的旅程中，我不敢再干什么了，一直陪他玩，哄他玩，甚至让他骑在我的脖子上，他似乎满意多了，我也觉得这比读那么五十页书要有价值得多。

一路下雨，到了永定门，仍在下雨，所带雨伞很有用。一回来，就参加两个追悼会，其一，是何其芳同志。今天出席追悼会的，有郭老、茅盾、周扬、默涵等。

雷加

1977 年 8 月 4 日下午

二十四

王琪、甘粟：

总想节前写封信，好使你们在节日中能接到一封家信。但总有些事拖住，就是说，时间不那么够用，有时又心情不定。北京，10月1日那天是个阴天，晚上天安门广场有二十万人大联欢。可是半夜下了大雨，好像一直下到天明。

有两张游园的票和一张看焰火的票。一张是颐和园的，小舅去了。另一张天坛的，姥姥留下，想带小晨晨去，临了，又怕车挤回不来，临时送给后院王大夫了。至于那晚看焰火的票，就没有用上。

我这次去河南一个多月，沿着黄河行程数千里，看了不少地方，也见到不少熟人。从春天到现在，我都想法深入生活，计划写十篇短的，已写了五篇，10月份可见报三篇。另五篇准备两个月之内完成。

见报的三篇，一是《她在我们中间》——北京出版社编的集子；一篇《一张地质图》——《北京文艺》十月号；另一篇《开端》——《人民文学》十月号。

写作中，难关很多，这反映了过去生活和技巧方面基本功不够的缺点。当然，活到老，写到老，也学到老。

我现在心情有两个倾向，一是觉得来日方长，三门峡长篇尽往后拖，先生活，先写短的；另一是十分珍惜自己的时间，尤其遇到家务事，觉得耽误时间，感到十分厌烦，我什么也不想过问、不想管。

晨晨，大体上没有大的改变。会写1—10了，也会画“四人帮”的像，会简单的加法，会认“大庆”之类的字。这不是我教的，都是小舅教的。“大庆”两个字，好像是自学的，因为也看得太多了。

小琦给你们弄到一本《天安门诗选》，铅印本，“二外”出的。据说一共两本，待另一本出版再寄去。

写信的时候，外面雨又下大了。天气十分闷人。

但愿你们有一个安静且不十分沉闷的节日。

雷加

1977年10月1日

二十五

王琪、甘栗：

我现在可以坐下来高高兴兴地写这封信了。

在鸭绿江边，王晨手执爷爷照片

“文革”后长时期对自己估计过低（今天也不应该估计过高）。但意志可以战胜一切。经过一段努力，证明我可以突破过去的水平。主要是想争一口气，给自己，也给一批老作家。那么今后路子可以一直走下去，有方向（证明方向不错）、有目标（证明可以树立更高的目标）。

看来，今年年初打的主意不错：一、放下长篇，先下去生活；二、如写长篇，放弃大庆，只写三门峡。今天看来，长篇不成熟不写，或者不到临死不发表。最近三五年内，以散文、短篇为主。

我今天对散文有莫大兴趣。散文可以包括特写、报告文学，可以包括短篇创作。散文创作应该开展，应该受到重视，应该值得努力。

我现在觉得仿佛又回到了1938年、1939年、1940年。我在延安时期，在大后方发表了一系列作品，为今后打下了基础。像下雨一样，一连十几篇作品陆续发表。那次开头是《一支三八式》。这次开头，恐怕是《开端》这一篇了。这一篇没有写好，一般、平淡。但总是一个良好的开端吧！

已发的三篇，反响还不错。

我自己满意的是《她在我们中间》和《白绢花》两篇。

《白绢花》可能更满意些，它是写周总理的。

这十篇中《五月雨》、《主二台》是小说，但《她在我们中间》、《洪峰》、《白绢花》也是小说。《北京文艺》要把《白绢花》当成小说发，我仍建议当成散文。我以为散文的形式表达对总理的感情更真实些。

剩下的是唐山地震一组，计三篇，还没有写完。两篇散文，需加工，一篇小说，叫《誓》。它和《洪峰》是难写的两篇。11 月攻下了《洪峰》，12 月想办法攻下《誓》。

那么，这一年，仅仅十个月，改写两篇旧的，写了十一篇新的，共计十万字，可以出一个集子了。

要说的很多，可是在信上不想说了。

雷加

1977 年 11 月 19 日上午

【注】

3月写了《心的歌》4000字

4月写了《她在我们中间》1万字

（5月6月去了唐山）

6月底写了《走向源头》4000字

《一张地质图》4000字

（又去郑州）

8月写了《开端》4000字

9月写了《秋天的金色写下的》1.5万字

10月写了《白绢花》

11月改《五月雨》7000字

又改《主二台》8000字

又写了《洪峰》1万字

以上10篇，3篇已经发表。《白绢花》，《北京文艺》12月发；《五月雨》，《解放文艺》明年1月发；《主二台》，北京《十月》丛刊明年第一季度发。《心的歌》，《光明日报》近期可发。

另外，《秋天的金色写下的》已送《人民文学》，这是他们组织写的。《走向源头》压在《人民日报》，《北京文艺》去要稿，他们不给，估计也可以发。

最后，《洪峰》今天才写完，不准备很快拿出去。

附文

十八岁

刘甘栗

在你即将年满18岁的时候，爸爸妈妈衷心地祝福你。

感谢张恕老师！为你们和你们的父母出了这样一个好题目：谈谈十八岁。

是啊！18岁，这是一个多么诱人的字眼。它代表着理想、青春、奋斗和无悔。18岁，它唤起了多少往事的回忆，有对你的，也有对我们自己的。

18岁前的那一天，你降临人世，你小号一样响亮的哭声和3600克的体重，给守候在产房外面的爸爸无比的欢喜——18年后，这肯定是一条好汉。从那一天起，你就不停地哭、叫和笑，不停地动，当然也在不停地长。你从小是胖胖的、乖乖的，安静、听话，四五岁就抢着扫地、擦地，就会说："晨晨多干点，妈妈少干点（实在值得称赞，由于我体弱多病，使你懂的第一件事就是要帮妈妈做事）。”记不得从小学几年级，你就逐渐成了家里扛煤气罐、干体力活的主力。在你五岁那年，你有了一个小妹妹。你爱她，一切都谦让她。由于爸爸不在家，妈妈又没有力气，由你背着妹妹逛公园，背着妹妹上医院，在你小小的年纪，这几乎是天经地义的常事。在妹妹心中，你是最好的哥哥；在妈妈心中，你从小就是个男子汉。十几年来，你逐渐长大，真的成了一个大小伙子，忠厚、善解人意、乐于助人，我常为有这样的好儿子而自豪。记得那次我向那个美国女大学生介绍我的儿子时，禁不住夸口说，我认为我儿子 very good（很好），very handsome（很英俊）。也许这有点可笑，不管 handsome 的标准是什么，也不管你 handsome 能有几分，但在你爸爸妈妈心中，你的确很好，最好，是我们的好儿子。

思绪不禁随着时光，从你的身上，回到了我们自己曾经有过的青春年华。我们的 18 岁，距今已近 30 年了。1962 年，你爸爸 18 岁时，他正在师大一附中准备高考。他是学校的活跃分子，佼佼者，好学生。蒋介石反攻大陆的鼓噪，使他一腔热血，毅然从军。当时有人不理解，有人可惜，有人痛苦。而我们这些“小朋友”则簇拥着刚刚穿上军装的王琪在校园里到处照相留念，还争抢着挨着他站。现在想来，这镜头有如发生在昨天。二十八年来，严格的军事训练，长途行军跋涉，打苇子，种稻子，盖房子，制止“文革”武斗，收缴武器，为备战而打了几年的山洞，白手起家建起了全国最大的陆军指挥学院……路是一步步走过来，苦也吃得够多。我见过许多人都离开军队了，而唯独他不肯。无论是挨苦受冻，吃苦受累，还是有生命危险，无论是顺境还是挫折，他都从来没有后悔过，动摇过，为着自己在 18 岁时选定的事业，义无反顾地向前走。为了更好地工作，近几年，他不惜付出很大的代价，终于补上了高等教育的课。两年国防大学生涯，成为高层次指挥管理的起点。

而我的 18 岁，则是在 1965 年。这一年发生了两件重大而最影响我一生的事：高三入党和考入第一志愿的学校和系科——北京大学国际政治系。我永远忘不了步入燕园满心的新奇和欣喜，看到的是美丽的校园，引人入胜的图书馆，想到我未来将从这里起步，雄心勃勃，立志要如鸿鹄般翱翔。但不到一年，史无前例的“文革”大灾难阻断了我的大学学业，强迫性带病劳动，夺走了我的健康，这是我终生最大的不幸。我不愿向命运低头，以这一代人对人生的追求，对价值的理解，一

雷加、伊苇与王琪、甘栗

直在努力，在抗争，但是在工作中，一种难以言状的深深的遗憾常常袭人心头：高等教育的不完全，经常局限我对事物更本质的理解和能力的更充分发挥。来自精神和身体的双重力不从心，使我终生诅咒那场文化和心灵的大劫难。

我们在18岁时的经历和以后所走过的人生道路，决定作为父母对于自己儿女的最大期望，强烈地希望我们的后代能得到尽可能充分的受教育的机会。我们希望你们驰骋，希望你们飞扬，为国家和民族的兴旺发达贡献你的最大的力量。同时，要告诉我们最亲爱的儿子另一句话就是：世界广阔，天地无垠。将来无论你踏上人生的哪一条路，只要你勤勤恳恳地做事，老老实实地做人，只要你努力进取，执着奋斗，只要你肯吃苦，肯付出代价，你就一定会有所建树，有所成就，当然，你就会有一个无悔无愧的人生。

卷三　父爱如山

引言

雷加有六个子女，五个儿子一个女儿。

父亲爱孩子们。在我的记忆里，小时候，冬天里，父亲带着众子女去北海、陶然亭滑冰；夏天，带我们去划船，到海边和游泳池教我们游泳。记得我很小的时候，父亲很认真地为我们读过一本书，书名叫《小癞子》。那是一本小薄本的书，是分几次才读完的。那时他的工作地点在中央文学研究所，周末回家后，天已经黑了，还要给我们读上一段。

家里孩子多，父母工作都忙，儿女们大多在幼儿园和学校住读。“文革”前，父母与子女之间的实际接触并不很多。

刘立清是雷加的四儿子。他成长于那个不读书的年代，文化程度只有初中。下乡插队时，他从家里带走了一大箱书，其中不乏名著。他入伍当兵，生活十分艰苦，但他还是

孩子们在父亲指导下在北海练习滑冰

忙里偷闲试着写点什么。父亲的三封信就是针对他寄来的一个十分稚嫩的练笔小说而提出的意见。看这三封信，感觉是多么像一个老师在教一个小学生如何写作。从文章的结构、语言、逻辑关系等到逐字逐句挑出错别字、病句。终日忙碌的父亲竟然为了这么一篇几乎上不了台面的“作品”，如此认真地给儿子连写三封信，真使我惊讶。父亲谆谆教导儿子：“我劝你多写，少发表，多写生活题材（如战士生活等），少写离自己生活远的没有经历过的事情”，这其中包含着多少对儿子的包容、鼓励和期待呀！

在所有的子女中，父亲付出心血比较多的应该是我们的大哥立伟。刘立伟出生于1934年，幼时曾跟随父亲到过日本。“七七事变”后，父亲带着他一路流亡，从沈阳到北京，到山东，到上海，到武汉，到西安。一路上，走路、乘船、搭车，免不了风餐露宿，睡别人家的地板，有时吃不上饭。父子俩的行军，其艰辛可想而知。1938年到了延安，大哥终于有了托管之地，进了延安保育院。有一天，朱德总司令去看望孩子们，留下了一张无比珍贵的照片：朱总司令开怀地笑着，刚刚四岁的大哥立伟被总司令揽在跟前，也在开心地笑着。这应当是他一生中最为幸福的一段时光。1945年大哥随着队伍一路行军到东北去和第一批到达的父亲会合。全国解放以后他在北京上学，成绩优秀，1955年到苏联留学。1968年他34岁时新婚，两个月之后突发急性白血病去世。父亲此时正在被隔离审查，没能见儿子最后一面。1969年7月，作为大哥遗腹子的女儿苗苗出生。在苗苗20岁时，

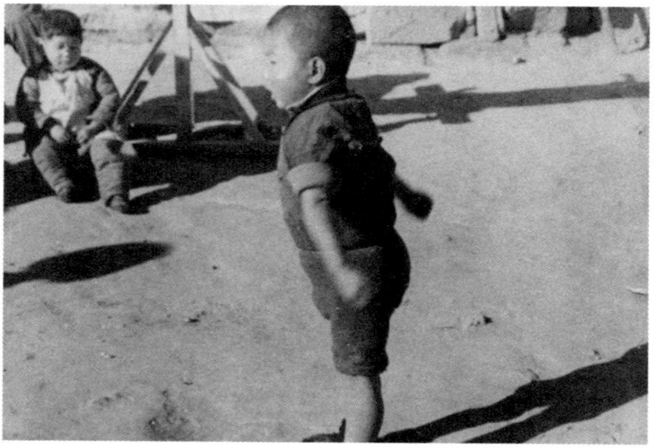

1938年8月，刘立伟在延安保育院

她的妈妈才引导她与爷爷一家相认。很多年来，雷加把对于大儿子的怀念和爱转移到了这个迟迟才见面的20岁孙女身上。苗苗的照片永远摆在他的床头。他在给苗苗妈妈的信中曾有这样的表达："这些年来，我已习惯于偷偷地爱着她，用我自己的方式爱着她。"后来，爷爷和孙女之间的通信频繁。对于这个自幼心理有些创伤的孩子，爷爷的信传递出关怀和抚慰；时而劝导，提出要求；有时也有批评。总而言之，爷爷期盼着自己的孙女健康成长，在给她的信中语重心长地说："愿你心灵上，工作上，为自己创造一个理想的境界，过最充实的生活。”

令父亲雷加最操心的是两个到美国去的儿子。中美建交了，隔绝了几十年的亲人见面了。一面是娓娓动听的劝说，一面是蠢蠢欲动的求学之梦，一拍即合。出去的两个兄弟中，一个是“文革”前的老高二，重点学校，饱读诗书，哲学、古典文学、历史、英文，门门热爱并认真钻研，有一股子聪明才气。如果不是时运不济，他应当是我们家成就大学问的一个。另一个是“文革”前的小学三年级，一边当着工人，一边自学初高中数理化，靠着自己的勤奋和努力，上了工农兵大学，但底子终究还是薄呀！他们不满足于当下，做梦都想接受最好的教育，对未来怀抱着希望。在出国潮初露端倪之时，他们就已经身在异国他乡了，他们应该是第一批走出国门的自费求学者。他们来到了既是天堂又是地狱的纽约，行装还没有打开，第二天就被安排踏上了到外地的打工之路。之后的艰难困苦是可想而知的。对于这两个儿子去美国，父亲雷加本意是不情愿的。他有太多的顾虑和担心。在浪潮面前他无法阻拦他们，只能沉默，静观。他时时期待着儿子们的来信，希冀得到好消息。儿子们报喜不报忧，但老道的父亲怎么能看不透其中的玄机。他知道儿子们为了糊口，疲于打工赚钱，在没有任何外来支持的情况下，在美国读大学谈何容易。他的每封信都写得很积极，尽量鼓励，给他们打气，谆谆告诫儿子们要保持好的精神状态，努力去适应社会，更要保证有一个好的身体。数年过去了，他认为在外面永远打工毫无意义，既然学习的目的没有达到，作为增长见识的人生游历应当结束了。他对儿子们说，你们是不是应当回来了？

90年代以后，15岁的孙子毛毛跟随母亲移居美国。他的爸爸是一个工作狂，实在顾不上他，索性要他去美国由他妈妈带。从此，母子二人开始了在美国的奋斗。他每天早上四五点钟去走街串巷挨门挨户送报纸，一年365天风雨无阻。他终于认识到父母的不容易，和母亲相濡以沫。在学校，他努力学好每一门功课，有问题追着老师问，成为一个勤学好问的学生；对待同学，热情宽宏交了很多朋友，英文水平也大有长进；在钢琴比赛中表现突出，获得了热烈的掌声，为学校争了光。他在给爷爷的信中说："其实，我走出的每一步，都不光是为我自己争光，也是为中国人争得荣誉。我要用实际行动告诉美国人，中国人是这么的优秀。"小孙子脱胎换骨般的快速成长，令爷爷欣喜异常。他在给毛毛的信中鼓励他："你早起送报，才对得起天天上岗的妈妈。你不懂就问，跟自己挑战，才得到勤学好问的名声。你又善于交际，不但学会了外语，还赢得了外国同学的友谊。这样的路、这样的脚步都是好的。我想凡是成功的人都会如此。充实了现在，也会得到希望的明天。"

在编辑这一部分书信时，我采用了儿孙们的来信作为回应。这种互动，有助于了解通信当时的一些背景，同时也更能体会作为父亲和爷爷的雷加对儿孙们的关怀与良苦用心。

而在处理雷加与外孙女王晓佳的后期通信时，我发现，这些信件文字不长，但涉及的事情不少。在信中，他谈到文章的写作，书的出版，他的人生经历。我的感觉是，这些信与其说是写给晓佳的，更不如说是写给他自己的。耄耋之年行动又不方便的老人感到寂寞，他有很多话想说。他把他最喜爱的又远在异国的外孙女当作一个倾诉的对象，想和她说说心里话。在信中，他很奇怪地称呼她为"小佳王女士"，很认真地谈到对自己作品的思考和人生的"反刍"。在最后一封信中，强烈地表达对这个他最爱的晚辈的想念，希望能早一点看到她，期待她早一点回来。这是一个老人在家书中所表达出来的最强烈的亲情，袒露出的最真实的内心。这几封信，这份真情和牵挂，应该是留给我们整个家庭所有子女的。让我们永远记住这些。这也许正是我们整理这些家书的意义所在。

刘甘栗

2019 年 3 月 31 日

致刘立清

一

立清：

此信，专门谈谈你的文章。

你的文章，家里人都看过了。大家一致赞扬你的努力和成就。

我想就两个方面来谈：一谈文章本身，同时也谈今后努力的方向。

“战友”主题具有现实意义，是好的。人物写到副军长级这也是不多见的。为了表现主题，你安排了几个情节，我认为合乎结构要求，也达到了一定的艺术效果。

同你商榷的有以下几点：

一、郭钢走后门问题。（一）要写出郭钢的思想状况，即为什么不愿自己的子女下乡，溺爱、落后，还是别的？这里要有具体思想活动，才能使人信服。郭钢不愿子女下乡，是这篇故事的纠结所在，一切矛盾均由此产生，所以这一点非常重要。不能“生活化”，就不能使人有真实的印象。你也写到他“忘本”，但这是抽象的概括，太一般了。不要忘了这种共性（同一个走后门），即包含于一切个性之中（各人情况不会一样），无个性即无共性。（二）此人（郭钢）过去作战英勇是可以的，但目前职位不宜过高，又不能写他的缺点太多，如他在工厂不学马列，只管生产之类。因为职位过高，和他走后门的行为不合适。如果缺点太多，又和他过去的经历不合。

二、小华插进来，很好，因她，全篇有了活力。她本身就是一个可爱的形象。她的行动，有力地促使郭钢转变。但她总不是关键人物，她的作用只能从属于她的父亲。最后使郭钢转变的只能是王健。因此，小华的位置不能超过王健，这二人的位置应该摆对。要使王健更加活跃起来，更多一些思想工作和活动，这样，郭钢的转变才是有基础的。

三、故事发生时间，当在“九大”以后，又似乎是“十

刘立清服役时轮战在老挝

大”以后，因你写到林彪抛出上山下乡“变相劳改”的谬论（第 15 页）。时间背景需要交代清楚。如果是“十大”批林整风以后，郭钢再走后门，是否可信。

四、其他的问题。

（一）郭钢到包头出差，顺便看望老战友和解决女儿问题，是否更自然些？

（二）王健妻始终未出场，需交代一下。

（三）郭钢在王健家住了两天之后，二人才正式交谈，并因“话不投机”，又马上搬到招待所去了。这里缺乏生活的必然性。谈话又是由问到学习才真正开始的，前面需要有伏笔。不然显得突然。可以写房内很多书，可以写小张说起王健每天学习很晚，身体又不好，由郭钢劝王健少看书，多注意身体，再由王健问到郭钢的学习情况……

下边转入郭钢女儿问题时，更要精心安排，既要自然，又要有具体的生活内容和思想活动。

至于郭钢最后要搬到招待所去，更要写的合理。否则，郭钢的态度太决绝，而王健又挽留不住，从“关系”上又说不过去。

（四）文章中既提出了无产阶级的“友谊”，你也进行了批判，但还批得不力。对王健来说，不能用“像兜头一棍”“如钢针刺心”这些词。这些词使人觉得王健处于被动地位，好像“友谊”在他身上发生了作用似的，后来只得在内心里加以批驳。

（五）文章中用了几段忆苦文字。忆苦推动思想前进。

这有别于感化的人性论。战斗的回忆是好的，虽不太真实，但还有气氛。后边回忆童年那一段，在层次上讲，应该一段比一段更深刻，而且后一段对郭钢的转变更关键些，所以要比第一段更加有力，更加真实，更加动人才好。对比起来，第二段和第一段比有些一般化，所以感染力也差一些。

以上，你可以思考一下，如有可供参考之处，恐怕情节上要做一些变动，细节上还需更加深化。

雷加

1974 年 4 月 21 日

二

立清：

这里我想专门谈谈语言、文字。

文字要力求朴实。形容词要用得恰当，文字要精练。你可读一读贺敬之的诗。诗人的语言总是丰富的吧！他的诗，形容词并不多，文字朴素，但意境很深。

其次，语言要生活化，切忌知识分子腔。

要有自己的语言和词汇，一看就知是你的，而不是别人的。不能通篇如此，也要做到具有自己的特色。

我愿意你多记日记，多做速写。一人一事一景一物，随时记，随时写。力求准确，不要言之无物。

要能写出人物外貌，一般景物，也要能写出内心活动和精神面貌。要捕捉事物的特征（实质），并用确切而精练的语言表达出来。

下面是《战友》一文存在的问题：

一、错字

P.1 微风吹佛（拂）着

（稳）健魁伟的身材

P.2 回朔（溯）

动于（如）猛虎

P.3 怒不可竭（遏）地

猖獗（仓惶）奔命

P.4 失出（去）重心

P.5 却在危急中至(置)个人生命于不顾（此句不口语化）

P.10 一边在屋内回踱着（来回踱着或踱来踱去）

P.14 即不想上大学（即应是既）

P.15 她又（敦求）地说（没有这个词）

P.16 辩子（辫子）

P.19 叭（喇叭）

P.21 不辟（避）枪林弹雨

P.23 我收（受）到了很好的教益

P.24 唤（焕）发出革命的青春

（前面还有很多）

二、不确切的地方

P.1 两眼闪烁着庄重的光泽

他凭窗俯视着延绵的大青山脉

P.2 兴悦（一般用喜悦，不用兴悦）

P.3 无名小山，无名山路（那样一个难忘的战斗，要有大地名，最好也要有小地名，否则就减少了真实感）

正好在敌人中心开花（用中间，人堆里好些）

P.4 用铁腿扫敌膛（扫堂腿，武技之一种，横抡其腿以绊倒敌人）

没跃躲开（用没有躲开比较通俗）

硬把我背在后身，行走如疾风地奔向无名山地（应该是背在背上，既然背一个人又怎能行走如疾风似的？）

P.5 我难过，忐忑不安地躺在床上（难过和忐忑不安不常在一起用）

脸面上沁出汗水和坦然、从容的表情（脸上可以沁出汗水，可不能沁出坦然的表情。再说，王健在郭钢的背上，又怎能从后面看到郭钢面部的表情呢）

无产阶级的深厚热情（一般用感情，不用热情）

P.6 娓娓不休地（常用娓娓动听地）

P.7 谈得那样合心，兴致

P.8 王健听着，敏蓦地一呆（没有人用过这个词）

P.10 一边坦诚地自语着（不贴切）

要有决裂于旧观念的决心（不通俗）

P.11 左右不能入睡（一般是说辗转不能入睡）

已变得不讲最基本的感情与友谊

不该在王健家性情那样冲动（“性情”二字可不要）

P.14“……”还未说完（缺少主语，不知谁未说完）

P.16 美不可言的奇迹

要把干枯的河道修建成一座座蓝色的水库（既可修水库，河道不该是干枯的）

聪明的眼睛，喷射着光芒，略显白皙的脸，浸出了阵阵

红润

P.18 她的心热烈地跳动（应该说剧烈地），小华附身猛扑到郭钢面前（又附身又猛扑，动作不合理而又夸张）

P.19 把挺直在街道两旁的白桦洗得银亮（不通俗）

P.22 郭钢望着王健严峻、冲动的面孔（这两个词不协调）

P.23 歌声渲染着整个车站（不贴切，也不通俗）

P.24 小华改变了自己沉静的态度（太啰唆）

P.25（包头一带有湖荡吗）

三、不精练的地方

P.1 用已经振作的精神，聚精会神地读着（他重新振作起来，聚精会神地读着——精神和聚精会神不宜在一个句子里重复使用）

不可抑制的担心与早日会见到战友的强烈愿望（太啰唆，可改为“他多想早些会见战友啊”）

P.6 现在他端着两杯放糖的浓茶，走进了充满粗犷宏钟般的声音和亮堂爽快笑声的房间（这个句子太长，又写声音又写房间，使人一下子得不到准确的印象），两位老战友娓娓不休地诚挚亲切地交谈着（亲切地交谈应该是安静的，但

前面又写到那些笑声）

真没想到在今天祖国到处在发展前进的今天（一个词切忌在一个句子里重复使用）

P.8 就可能在以后的路线斗争中丧失所应站定的无产阶级立场（这不是文学语言）

P.11 王健以闭言不答不理他的要求（句子生硬造作）

P.13 我听后很受教育，主动地把我扔在桌上的红薯皮吃掉了（“主动地”一词不贴切）

四、非口语化的地方

P.4“一个敌人都没有跑掉，全都见鬼去了”

P.5 每向前迈进一步的艰难，沉重的脚步

P.22 话毕

雷加

1974 年 4 月 22 日

三

立清：

三信，再谈写文章。

我劝你，多写，少发表，多写生活题材（如战士生活等），少写离自己生活远的没有经历过的事情。有些题材容易出毛病。最近各省市好几个写“文化大革命”的小说、剧本都受了批判。多埋头写，少张扬。上级给了你任务，完成不了不好，因此犯了错误也不好。总之，要谦虚，不要翘尾巴，不要急于发表，在军队小报上、黑板报上发表是可以的。

上次寄去的语文书，不好买，我去找找看。此类书，第一版卖光了，不知以后还来不来。这又是外省的书，不是人民出版社出的（我已忘了哪个师范大学的，来信告我）。

为了找个样子，我把给甘栗信中关于给小晨照像的那一个段落抄给你，这是我用十分钟写的，其中写事写人，基本上不用什么形容词，也把当时情景表达出来了。

这一阵，小晨没有病，各方面都有进步。他会咿呀自语地叫

“妈妈”。说“再见”时，不是摆手，而是把手指弯曲几下。他也会说“羞”了。说“羞”时，用手指划着自己的脸蛋。虽这样，也偶尔尿裤子，此事并不知道羞。一说鼻子，他又会做怪样子，大概在嘲笑自己尿裤子吧！

21 日，星期天，上午天气很好，由我带去大北照相馆。本该上星期日去，但那天大风，也该由你妈妈带他去，但她去不如我去省事。一早九点，去杨姨家，说该睡觉了，不管它，仍然换了衣服，我和杨姨家的小妹乘五路汽车，直到前门大北照相馆。

小晨这一天，穿了浅蓝色外衣，戴了从上海买回的白帽，脖子上围着姥姥的纱巾。起初头发翘起，用白帽子压了压算驯服了。先是照二寸半身。他一个人坐在高椅子上，由我用手在下边扶着，摄影师逗他，刚一微笑就照上了。

然后照二寸全身，在另一个摄影室，由一位老年摄影师照。小晨虽然会走（老实说走得并不利落），叫他站那么几分钟，可有点为难。像一个不倒翁，又像大风中的旗杆，老是那么晃来晃去。地板很光，很滑，房子又大又亮，周围又有许多人在旁边看。我离一米远用手扶着他，等他站好姿势，摄影师要拍照时，我再急忙躲开。这次效果也不错，仍在他微笑的一刹那照上了。当然，摄影师、我和旁观的人都很高兴。想不到这时小晨可能有些紧张，开始摇晃，先是向后坐下，接着两脚朝天，后脑勺碰着地板一声响。这时大家更加笑起来，他却哭起来了。

摄影师又忙着说："不行，再来一张。"你看小晨多乖，没有怎么哄，就停止了哭，又站好姿势，又一次努力，又一次微笑，又一次拍照。这次再没有摔倒，以胜利而告终。

以上是小晨照相记。

雷加

1974 年 4 月 22 日

附文

日出观潮

刘立清习作

我们决定去观看日出和大海涨潮。午夜三点出发，在凉风中向大海行进。

海岸近了，我们闻到了海的咸味，听到了海的呼啸。

黑黝黝的海终于出现在我们面前。远方渔船的灯火稀疏而忽隐忽现。天空挂着弯月，无数星点闪烁。大海泛出微弱的亮光。浪涛汹涌地拍打着岸礁，发出雄浑的声响。海风袭人，让人感到寒意，又让人精神抖擞。

这时天色微明，海天由黑变灰。风轻了，涛声变小了。

“涨潮了！”有人叫道。

只见海与天的交接处，涌起了层层长浪，追逐着，向岸边扑来，向我们站的海礁迫近。同行的马阿姨扭过脸对我说：“平时的海浪是碎浪，长只几米，只有涨潮时浪能长达几十米，最好看。”又有人说：“这叫前赴后继，海涛具有倔强、刚毅、一往无前的性格，永远奔腾不息。”灰色的波浪不断撞击着我们站立的礁石，喷吐着白色的泡沫。水面逐渐在升高，向海滩扩张着。几十分钟后，岸边嶙峋的礁石被吞没了，广阔的沙滩变窄了，使人觉得已经置身于大海的怀抱之中。海浪、松涛、轻风的声响混合成巨大的交响曲，给那空旷的大地增加了生气。

天空逐渐明澄起来，东方泛起一线微红，几缕白云像洁白的轻纱铺上天空，在天边缓慢地浮游着，像与焦急等待日出的人们一样，期望着那摇动心灵的一刻。

1957年，雷加与家人在北京中山公园

这时，海水被染成淡红色，随着波浪向前起伏跳动。蔚蓝的天空，金色的波浪，白色的远帆，黄色的沙滩，绿色的峰峦，让人的眼睛一刻也不能离开这五彩缤纷的世界。

突然，远方的海平线上射出了血红的轮光，顷刻间火焰般的红日涌现出来，把火一样的光芒倾泻到整个大海上。红日由扁圆向上升跃着，抖动着，活泼愉快地向上腾起，终于，甩掉身上的水花，浴海而出了！

人群鼎沸了，欢呼声越来越响，整个大海震荡起来了。

风徐徐，浪悠悠，沙似金，山朦胧……在这个秋日晴和的早晨，一切都泛溢着美感和欢乐。我，陶醉了——这是大自然的交合，它让人满足、赞叹、深思。阳光和海涛，催动着人们向上，激励着人们奋发。

【注】

刘立清：雷加的四儿子。1950年出生于北京，在北京育才学校读小学，1969年毕业于北京师大二附中。之后，曾在陕西省富县牛武镇清泉沟插队劳动三年。1971年参军，在北京军区空军服役，先后在内蒙古包头、云南思茅、河北平泉基层连队任战士、副指导员、指导员。其间，曾赴老挝参加轮战三年。后转业到中央轻工业部，任老干部局副局长。

致刘立根、刘立琦

一

立根、立琦：

计算着新年叫你们收到这封信，恐怕又晚了。

我这一年，体力上、面容上、精神状态上都极好。去年一年我下去近四个月。一次去胶东沿岸，登过不少岛子，包括长山列岛。一个作家的生命应该无时不怀“主题”，山东半岛与我心中的主题相合。历年来山东的移民群，它的根源，它的路线，他们的性格、命运及各种传说，我早在1940年写的《鸭绿江》，近年写的《童年》，都有所探索。这次我写的《列岛童年》一组散文，也是这个主题的深掘和继续，不可不歌颂山东、福建、广东沿海人们闯开通往世界的业绩，其中，也会有你们两个吧！ 7 月我去了黑龙江省最北的漠河（祖国小北极），由漠河沿江而下，这又是一组《北疆特写》，十九个小题，近七万字，我已完成三分之二了。

另外，我这老一代也有转机来临。今年北京出版社出了《雷加散文特写选》。我的《雷加短篇小说集》（四川），《浅草集》（福建），还有我编的《世界佳作八十篇》（山西）都于今冬发稿。我的长篇小说《春到鸭绿江》人民文学出版社也要重印。《北疆特写》一定稿，再写几篇《列岛童年》，明年又是一个集子。可能明年是个丰收年。

我的工作间，书架整齐，焕然一新。称心的钢笔四支（连同立根买的），小录音机两个（立琦买来的，比原来的精致。它实用，也是玩物。我可随意录下电视上的歌曲，也可录下小妹的歌声和哭声）。一天之中，只我一人在家，上午工作，中午做点简单的饭，我与王晨共用。晚上热闹，星期天和节日更热闹。立宾夫妇来，立清借调回北京，小茜在天津工作，也不时回来。王琪也常回来，一回来又是肥鹅又是雪花梨。而小英的本事最大，她一来，小妹甚至连妈妈也不要了。

你们的照片，补充了你们的生活状态。治学和理财是生活的两个侧面。我劝你们，既要有闯劲，也要脚踏在结实的土地上。山东人都是务实的。游荡时啃硬饽饽，躺在棺材里骨架子也是硬邦邦的像铁打的一样。

路要自己开发，尤其是转折关头。我一生，管理企业，又回到创作，靠努力，我有了自己的风格，也就是我自己的路。估计我可写到坟墓，然后用路上的石块当做我无字的碑。

你们二人，先积下一笔回国的钱存到银行里，无论什么情况，都可以有飞机票回到祖国，祖国和家人永远欢迎你们回来。

再不要买任何东西来。

雷加

1982 年 12 月 18 日

二

立根、立琦：

《英语九百句》在北京寄出后退回，理由是影印本，不给邮寄。想不到，它在德里付邮了。我到印度去也是突然的决定。去四个城市。这次旅行最大的特点是孤身前往，又不带翻译。会议中间有一印度人陪我，他的英文比他的中文好，他听得多，说得少。游览时，我如同盲人瞎马，既不能随意要菜，又对日程安排不甚了了，导游的解说，我更不知所云。直到回到了德里，才由使馆介绍各城市的特点及其古迹的历史。3 月 13 日回到北京，直到现在仍在恢复体力中。

去年也许是丰收的一年。年初写了六万字的《四十年代初延安文艺活动》。初夏去苏北农场，仲夏二次（第一次是 1959 年）回延安，直到榆林，写了近十篇散文。整理了两篇在延安、榆林座谈会上的讲话，其后又写了一篇《谈特写》，最近写去印度的文章，题目则是《短篇小说在中国的发展》。目前要召开军事题材座谈会，我准备到边境和部队去，写写部队生活和平民生活。像你们知道的，我每年 5 月到 10 月都在下面，冬天就坐下来了。今年也是如此，一直保持到我体力不支的时候。

家中很好。没有失去和睦，常有团聚的欢乐。不是小弟（立清——编者注）结婚，就是王琪回来探亲。近日立宾夫妇常来，而小英是每个星期必到。她是小妹胜似母亲的朋友。我从印度回来，除了给王晨买了一双旱冰鞋，又带回四条印度裙子，四位女士一人一条，聊胜于无，也都喜欢。小妹好胜，争取第一，星期一要第一个回幼儿园，宁可干干地坐半天，等小朋友来，这也是她可以挑选玩具的独一无二的时间。她更愿意在星期六比那些小朋友早地被接回家来。家中已无保姆，所以中午往往只有我一人在家。近来，海燕的单位正在整理，无事时她就来给我做一顿午饭。两个人放开肚子吃，我往往吃不过她。其他，无甚变化。我也不大买书了。因为没有时间看。时间对于我来说，已不大能够浪费了。因为写一上午，午休再看看报，就什么也不想干了。早晨，我还得保持走路，饭量仍不减，车也常骑，来回两个小时的路程，仍不算什么。最近我们几个人提议全总办刊物，另外我又和金紫光在编《延安文艺丛书》。今年六七月我的散文特写在北京出版社出版，另有一本小说选也可能由四川出版社或工人出版社出版。最近，湖北出版社出的《报告文学丛书》其中有我的十几万字。另外，由沈阳师范学院承担的当代文学研究资料的《雷加专辑》，已正式列入计划。

随《英语九百句》寄去《童年》一份。我写的是山东人的传统，也是一部分中国人的传统。要把“流浪”当正经事干，不能舍那股子“正气”。在激流中分辨方向，才是真正的根底；在迷乱中闯出一条正路，才算本领。

雷加

1982 年 4 月 10 日

三

立根、立琦：

你们出国，当初我当做你们外出游历。游历世界这是有益的活动。但是现在已经五年了。五年不算短，尤其你们这个年华，应该是关键的五年。一生没有几个五年，三十岁或四十岁的五年，更值得重视。现在五年了，该回顾一下，也该向前展望一下。如果是游历，打打工，多去些地方是可以的，但不能一辈子打工。从现在起应该有个计划，有个打算，为之奋斗几年，如能实现就住下去，不能实现就回来。如果是游历，只能五年，或七年，或十年。再拖长下去，在国外失去的时间在国内无论如何是捞不回来的。

也许你们有更美好、更现实的打算，可以写来，使我们了解，同时也可以帮助你们出主意。

雷加

1985 年 6 月 19 日

四

立琦：

我今年出去两个月。七、八月去陕北。本有三条路线，一走西安，二走太原过黄河，三去包头。我选的包头。由包头去陕北要经过内蒙古东胜，这里的文联正在开笔会，我就留下来了。这是内蒙古的伊克昭盟，成吉思汗的陵寝在此。一连走了几个旗县，以后才去榆林。又由榆林北上，走神木府谷，由府谷过黄河到河曲，然后又回到榆林，再去三边（安边、靖边、定边），由三边直去银川，然后乘车经包头回北京。

10月我又出去了一次，这次更远，远到兰州附近，这次又是一个月。

这三个月下来，身体感到有些累了，年纪不饶人，确实不假。

回来后，只写了一篇《成陵和云》，一篇《沙的游戏》，之外，一直处在休息状态。

这次甘栗到美国，带回来最好的礼物是她看到了你们，就好像我们全家看见了你们一样。说也奇怪，从她回来，我

1985年，刘甘栗在纽约会见立根、立琦两兄弟

们对你们的了解像是多了，更亲切了，知道你们如何生活，又是每天在想些什么，干些什么，好像都知道了，也就放心些了。

常写信回来。

雷加

1985年12月8日

五

立根：

你这两次来信，短，但有深度。你一向有深度，也反应快。这一点，不少人比不了你。但大多数不及你的人，却另有优点，他们的实践能力强。肯实践的人，没有想到优惠，却往往得到优惠，文明与进步的进行也许在此。

我还得重申，你和立琦再不要给家里买什么东西，尤其是高级的。你信上又说自动对焦长镜头和配套的闪光灯，看来都不需要。要是没有买，就不要买了。我已有了一个美能达的照相机（立宾得的奖品），小琦捎回一个 50—200 毫米变焦镜头，已经足够用了。

家中已有了过年的气氛，挂历源源不断送来，因此也特别想念你们。愿你们生活愉快。

雷加

1985 年 12 月 19 日

六

立根、小英：

我每天坚持工作一定时间，坚持写一定的字数。今年年初，一次发出十篇小稿，3月可能有一半见报。国内出版不景气，“通俗”文学充斥市场，纯文学无人问津。但是今年我可能出版两本书，一本散文选《沙的游戏》，一本是《边城和人》，两本各二十多万字。这是我去年回丹东，丹东市委热心赞助的。估计两本书各用去四万五千元。另有一本《雷加研究专集》，系国家科研项目，编了三年，也遇到了出书困难。由我出面弄到26吨平价纸，利用它与议价纸之差（约两万多元），由湖北教育出版社出版。这三本书可能今年都出来。如果这是好运，好运可能也就止于此了。

家里的生活再有变动，你们都可以想象出来。但是你们的生活我们就无法猜测了。比如，你和小英日常生活如何？今年干什么？明年又干什么？小琦那里也是如此。绿卡何时到手？现在干什么？将来又干什么？所以常常写信回来还是必要的。

现在介绍几句成语给你们。

“三十年子敬父，三十年父敬子”——头三十年以父为主，三十年之后就该以子为主了。比如，农村儿子结婚时，父亲就把正房腾出来了，无形中，主事人就变成儿子了。

还有一句：“三十年人养胃，三十年胃养人。”前半生不要使胃受到损伤，三十年后如果有一副好胃，其幸福就享用不尽了。

所以烟酒宜少不宜多，更不宜暴饮暴食，最好把烟酒戒掉。立根头脑好，只是实践少。宁肯多做些，不要只说不做，或只说少做。听陈登科说，你早年写过一部小说，果真如此，那就太好了。

另抄一份给小琦。

雷加

1988 年 2 月 3 日

七

亲爱的立根、小英：

前后接到来信。你们的信我都很喜欢。一个平平和和，说些我们想要知道的。一个风风火火，在担心什么，又有所劝告。两者都可回味无穷。

国内国外感觉会不同的，时间又是一个酵母因素。当年，吴力凡（大姨妈的小儿子，美籍华人——编者注）不走，想看看游行是怎么回事。我说，我看了多少年还看不透，你难道一天两天就会参透天机。现在各种现象纷呈杂陈，但基本上还是农村城市不同。跪式服务或拜金主义，这是都市中的极象。农村比起来淳朴多了，踏实多了，平稳多了。农村也有自己的不平衡，但和自己比，确实富裕多了。我这几年多在农村，很少踏进宾馆的大门。你从台湾背景的报纸中，不会看到什么，这像从门缝里看世界一样。应该从世界史、中国历史来看，学会看主流。不会看主流的往往自己骗了自己而不自知。

大陆，你从远处看，有时感觉会是或沉或浮，这都是幻觉。至少，大多数中国人觉得这块土地是平稳的。心理因素也许更为重要。从“文革”后，大众有一种求静的心理。这种心理你说是消极的，我以为是积极。因为毋宁说是对八国联军和帝国主义瓜分中国的阴谋的逆反。帝国主义侵略中国有一百年的历史，这种逆反心理也会持续一百年或二百年。

小英是现实的，理智的。对比起来，立根就狂放浪漫一

刘立根和冯小英

些。你们的生活都会愉快，谁也离不开谁。立根聪明而有些懒惰，表面上大丈夫，实际上低头叹息。那么，小英便是你的上帝了。从现在起，你不但要服从，还要天天膜拜，祈求她赐予你一份安宁和幸福。

家中一切如常，只是年老的一天天更老，有病的，犯一次加重一次。

爸爸妈妈

1991 年 12 月 6 日

八

立琦、杨蕾：

从你们寄来的父亲节的卡片，我才知道除了母亲节之外，还有一个父亲节。其实，男人除了是个强劳力之外，是不足道的。就是说，地球上，不能没有母亲。猛虎在极度惊吓之后，为了保护幼崽，竟可吃掉它们，以免落入敌人之手。一位女性，当她当了妈妈之后，才是生命中最美丽的。立宾从美国拍回来的那十几卷彩照中，有一张我最满意，那就是你和小天娜的照片。这张照片之美，在于她在你的怀中，在于她的洁白的裙袍，在于她的初生的头发，不，一切只在于你投向孩子脸上的母亲的视线。

这一张照片改变了一切。

它被压在书桌的玻璃板下面，我时时都可以看到它。

这张照片，把我们之间的距离拉近了。又因它，我们的距离似乎更远了。为什么不能叫我天天抱抱她？为什么我的思想，一时以为你们在美国，一时又以为你们在匈牙利？一会儿听说你由美国去找立琦了，一会儿又说你要带孩子回国了。这就是我常常想到写信而又没写的原因，又因为你一个

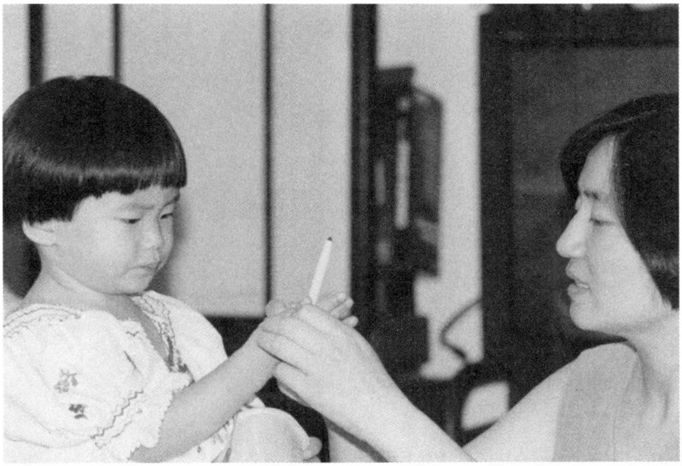

杨蕾、天娜（妞妞）母女俩

人照料孩子而留在美国，而使她的姥姥奶奶都不得见，这也增加了对你们的悬念。

小天娜姗姗来迟，却也正好。

常来信，除了日常生活情况外，多写点你们的计划，行期，一年之中有些什么打算。这样，我们之间的信息脉搏才能多些预测和通畅。

雷加、伊苇

1993 年 7 月 11 日

九

立根、立琦：

不写信可增加思念之情。写信有如练气功，也不是无益的事。

我八十几，无病像是有病，因为走不动路了。妈妈七十多，有病又像无病，牙不落发不白，也是人间少有。今年她又住了一次医院，近况尚可。

阴历五月二十六日，即阳历六月二十三日，是你老母七十三寿辰，可发来贺卡，以示庆祝。那一天，我们也聚会一次，少不了买两只烤鸭和一块大蛋糕。

我在今年《八十之言》中写了一句，“我十分欣赏小英的为人”，在一般场合，我不止说了一次“我丢了一位好媳妇”（指海燕）。这两句话都是从我心底说出来的。

下面我该对妞妞和她的妈妈说几句话了。我很喜欢妞妞，但我怕养得太娇，又怕太美国化了。过去立琦会管王晨和妹妹，轮到自己，就有借口了。世界上没有无节制的爱。先养根，才能结好果。

父字

2002年6月30日

附文

兄弟俩初到美国经历脱胎换骨

——刘立根、刘立琦美国来信

一

我们已平安到达纽约，大姨、大姨夫、小姨亲自到肯尼迪机场接我们。飞机在旧金山停留时办了入境手续，变更了签证，由B—2变为F—1（学生签证），以后大约不会再发生什么困难了。

来后我们只能稍事休息，他们安排小琦星期日去德内瓦州的一个小地方干活（刷碟子），那里的老板和小姨认识，餐馆内的人大都是中国人，环境较易适应，所以安排小琦去（只能去一个人）。据小姨讲，每天要工作11个小时（上午11时—晚上10时），每月薪金700美元（这是最低工资）。

我的工作还未有谱，要到职业介绍所去找，鬼知道干什么。

初来极不适应，主要是语言不通，但愿能尽快过了这道鬼门关。

立根

1981 年 2 月 19 日

二

我星期日（下飞机后的第四天）便只身来到费城附近的一个小镇的一家中餐馆开始挣钱谋生了。这个餐馆里面都是华人，有台湾人、越南难民、韩国华侨，我是独一无二的大陆人。他们待我还不错——当然是这儿的标准——老板一见我就称我为“刘老弟”，并暗示他是“毛派”人物。我和一个越南华侨关系很好，他现在每天帮助我补习英文，还邀请我下星期休息日同去费城他家玩。我的月薪是 700 美金，老板管吃管住（我和两个越侨同住一套房子），每天上午 10 点上班和晚上 10 点下班时老板都开车接送我们。我的具体工作是开洗碗机、煮饭、清洁卫生等，工作很辛苦，每天除吃饭时，片刻不得安闲。好在我过去在工厂经过专门训练，工作并不感到累得不行，我为我能干这里最脏最累的活而感到得意，因为我真正在独立谋生。

立琦

1981 年 2 月

三

今天休息，才有可能喘口气写封信。来此地近一个月了，过得马马虎虎。小琦目前挣 700—800 美元，我挣 1000 美元，我每月至少可攒 900 美元左右。干活很累，一天 11—12 个小时。美国的中国餐馆是远离法律的。目前在精神上、体力上仍处在适应阶段。熟悉了，就主动了。

上学的事似不大可能。凭我们挣的钱只能勉强够二三流大学的费用，一年下来，两手空空。过一段一边工作一边补习英文倒还实际些。苦干上三四年，手里有了几万块钱，做个小买卖，可能是更好的谋生之道。

立根

1981 年 3 月

四

在美国完完全全要靠自己，这就是美国的精神，人们之间的关系出乎意料的淡漠，初来时很不适应。现在渐渐懂了很多事，比较泰然了。在乡下做工，吃住全由老板包，省钱。在此地我与另一个上海来的小伙子合住一个单元，房间很宽敞，但无甚家具，只能伏在床上写信。老板是台湾人，待人文雅客气，常说他与做苦工的是一个“大家庭”，不乏有钱人的幽默感。

立根

1981 年 4 月 6 日

五

我刚一到这里有人就忠言相告，忘记过去的生活，要重新学做人。他是好心，也非常实在。在美国如想生活下去，也确得如此。

我现在纽约的一个中美英语中心学习，每个星期我选了两个上午的课。老师是曾在北京邮电学院任过教的美国人。她对我的一口北京话很感兴趣，提出要与我交换语言，即是她教我英语，我教她北京话。另外我与此学校的一个学中文的黑女人也建立了这种关系。

立琦

六

关于我去学英文之事，我和立根在长途电话中讨论过，目前我们没有条件两个人一起去学习，只得一个人做工，一人学习，轮换着来，免得有后顾之忧。

立琦

七

生活紧张，时常气闷，不知何时是个了结。我和小琦是大陆来的人处境不好的一类。虽有亲戚，等于乌有。刚来时，阿邬邀我到他家去住。刚小住二三天，茜娜频频逐客，怕我黏上他们，于是一走了之。就实际而论，我们的一切都是自己料理的，找房子，找学校，找工作，挣钱糊口，所有的忧愁都一肩承担，终于混过来了，不欠谁太多的“情”。

就以学英语来说，若有人帮助做些安排就会好得多，少花冤枉钱。怎么办呢？骂一声，下决心花上点钱，哪怕是冤枉钱，老子也要说呱呱叫的英语，于是上学去。

1 点钟下课，5 点钟上班，中间几个小时叫我为难。第一天半饿着肚子坐在闹市的街头公园里，捧上一本书，也连带看看街头即景。一个不知犯了什么事的小伙子狂奔而来，几个便衣警察把他撂倒在地，再在他脸上狠狠踩上一脚，可谓惊心动魄。两个刚和嫖客讲好价钱的妓女被逮住了。一个衣衫破烂的老头子大声宣布耶稣就要返回人间了，他自己激动得要命，所有人都冷冷地盯着他。第二天也就是今天，我在市立图书馆门前的石阶上就座，吃上两片自己准备的三明治，喝上一杯可口可乐，然后踏进宏伟的大厦，与饱学之士混在一起，捧在手里的仍是识字课本。4 点半，上工去，骑着自行车飞驰，送客人要的饭菜。这跟在图书馆的情况差不多，识字课本一饱学之士一自行车一汽车。

我想这样过上半年，英文的听和说大体过关，深造基本靠自己。送外卖也可以练练英语，与客人打招呼，收钱，告别。昨天在电梯上，开电梯的老黑人问我如何过日子，我告诉他我就是这样地过，每天很疲劳。他险些要拥抱我，喊道：“啊，我的孩子！”我放声大笑，他也洪亮地笑了起来。两个穷人就是这样感叹生活艰辛的。

立根

11 月 7 日

八

我是凌晨 1 点回到家，3 点钟睡觉，11 点起床。我今天要做的一件非常重要的事情是到洗衣店去洗衣服。于是我匆匆忙忙地烤了几片面包，推着满满一车（专门用到超级市场购物的小车）跑到了洗衣店。我用了两台洗衣机（一台一次 0.75 美元），放进了清洁剂后，我又跑到附近的图书馆换了两本书，半个小时回来后恰好机器结束了工作，我赶紧从洗衣机中取出衣服放入烘干机，然后利用烘干的这段时间跑到超市买了一些菜及晚上吸地毯用的吸尘袋和清洁剂。这些事情前后用了一个半小时。

立琦

九

我现在在地铁的转车站，凌晨12点40。在中国，这个时间一般来讲人们都睡了，然而对于靠餐馆谋生的中国人却是拉开一天的最后一幕。我仅一步之差没有赶上一班车，下一班车可能要等15分钟或更长的时间。

立琦

十

我现在已在YORKCOLLEGE 的英文班学习，平均每天有四个小时的课，每个星期有四个晚上我要打工，两天在周末，生活一下子变得紧张。上个星期有一天只睡了四个小时。不过，与前一段生活相比较，我倒是喜欢目前的生活。苦是苦，可苦中有乐。紧张本身就是一种最大的刺激、一种享受，并且生活内容也随之变得丰富了。

立琦

十一

爸爸妈妈：

久无音讯，实在是惦念的。年已老大，是处不多，羞与人说。见谅吧。想一想，你们与我们的生活都是传奇，但你们胜于我们，也是我们的源头。我真的为你们而自傲。

立根、小英

【注】

刘立根：雷加的三儿子。1948年4月出生于辽宁省丹东市。初中、高中就读于北京101中学。“文革”后期，在山东省烟台市牟平县、湖北省汉川县插队劳动。曾先后在湖北省沙市变速器厂和北京房修一公司当工人。1981年旅美，2017年12月因病在北京去世，享年69岁。

刘立琦：雷加的小儿子。1954年7月出生于北京。先后就读于北京右内大街小学和北京138中学。“文革”期间，居无定所，曾借居亲戚家中，也曾随母亲到轻工业部固安干校劳动。“文革”后期，从中学分配到宣武区静电设备厂当工人。后作为工农兵学

刘立琦

员推荐入北京经济学院学习，毕业后曾在北京微电机厂做技术工作，后调到北京轻工业学院做助理教员工作。1981年旅美，现居北京。

小英、杨蕾：雷加的儿媳。

致赵苗

一

亲爱的苗苗：

向你祝福。你终于走上了工作岗位。每个人都是这样的。时代不同了，其感受也不一样。我们那个时代，像一个鱼群似的涌向海洋，没有什么选择，又是那样急不可耐，投身于运动中去。

雷加

1990年6月20日

二

亲爱的苗苗：

你做事一定要认真。一切事为自己也同时是为了集体，这是不可改变的。三心二意最不好，一个人失去目标，就会失去自己。

为了将来，目前要好好工作和学习。未来是一步步走过去的，谁也不可能飞越，想不留下脚印一步登天的事是没有的。

我一生的体会是年轻时应该待在基层，而且是越深越长越好。最后你的位置就为后来的年轻人代替了，你那时也就向前走去了，你也就变成一个有经验的领导者了。

你是一个聪明的孩子，我们都喜欢你。

愿你在心灵上、工作上，为自己创造一个理想的境界，过最充实的生活。但许多人把自己的青春浪费掉了。每个人都有自己美好的青春，这是不能与别人比的，青春也不是由天上掉下来的，都是由自己去努力争取的。要善于利用自己的青春活力，它应是自己建筑起来的天堂，而不应只是叹息和彷徨。

爷爷 雷加

1991 年 3 月 16 日

三

亲爱的苗苗：

你应该常常来信。你如来信，我能从信中看出你过得好不好。如不来信，我便猜也无从猜起了。

我愿意看到我摆在床头的那张照片。镜片和红色球衣都是快乐的。你还记得你第二次来，祥祥（苗苗的弟弟——编者注）给你照的那张不戴眼镜的头像吗？这双眼睛为什么流露出那么多的迷茫和忧伤？

有的人，嫌天地不够大。有的人，困在自己的天地里不屑于去闯。不，应该是用武之地到处有，只怕是世界上有些失去了用武的人。

你是个乖孩子。你有自己的观察、自己的思考。你是个有独立性格的人，有为的人。无论如何，不可失去目标，不可没有自己的理想。失去追求，就会失去勇气。无勇气的人，就会是个不会快活的人。

雷加

1991 年 6 月 14 日

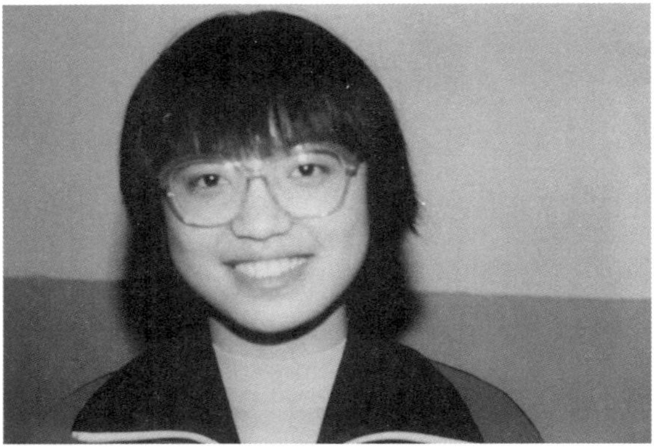

“我愿意看到我摆在床头的那张照片。镜片和红色球衣都是快乐的”——雷加1991年6月14日致苗苗的信

四

亲爱的苗苗：

提前出徒是好事。上班无事可干，当自由兵，可不是好事。你要善于察言观色，严格要求自己。如果有人因为你母亲的关系而偏爱你，那不只是害了你自己，还会损害你母亲在厂内已有的威信。要做一个真正的工人，千万不要做一个不干实事的小姐。

这个暑假，王晨回来，常住和平里。临走，我给他打过一次电话，要求他，第一，事情要向前看一步，不要甘居中游。力争多做一点，多学一点（做人也是如此），这样才能伸展自如，才能更加自由。切忌吃后悔药。就像买布一样，多买几寸，可以花样翻新，少那么几寸，甚至连裤腰也不够。第二，我又告诉他，他学的外语，把它作为第一职业，还是把它当做工具用。如用外语谋生，只能在旅游和服务行业之内。如把外语当做工具，那就海阔天空，可再从事一门学问，哪怕进中专学一门技艺也是好的。

因为这是我的由衷之言，所以我也愿意再对你说一遍。

爷爷、奶奶

1992年9月5日

五

亲爱的苗苗：

收到你的信，我很喜欢。因为知道了你提前“转正”。时代已经不同了，已经步入了竞争的时代。“转正”应是个很好的起点，奋力向前。否则，一旦拖在后面，任谁也是解救不了的。

这是老年人的聪明话。不过，老年人糊涂的时候居多。我现在就感到，时间对我来说，有时长到难耐，有时又短得可怕。

我现在每天都处在“可怕”与“难耐”之间。一时觉得还有许多事要做；一时又觉得应该停下来了，应该“算了”。

家中事，也清静，也常在变动之中。你二叔仍居在一居室内，二婶回来三个月，又回美国去了。小叔和小婶一直在匈牙利没有回来。关于他们我略知一二，因为不好问，也不想问。三叔仍是家中重劳力和全权代表，有了事就找他。大叔大婶一直不见，想是穷忙。你姑姑实在苦，姑父一人在石家庄，她也照顾不了。因妹妹要考高中，成绩不错，姑姑仍不放心，下决心领她去和平里住上半年，前两天连钢琴也搬走了。只是妹妹每个星期一次在电话里和我说几句悄悄话。

爷爷雷加

1992 年 11 月 7 日

六

苗苗：

来信收到。

这次你来，陪我走了一段路，我喘兮兮的，老了，已不能与那年陪你逛故宫和天坛相比了。

爷爷雷加

1993 年 2 月 14 日

1989 年，爷爷雷加陪苗苗游天坛

七

亲爱的苗苗：

比起往年来，我没有做多少事，日子都混过去了。我一直惦记着你，我常常想象你在干什么：坐着，走在路上，在家里，或是和别人谈话……我愿意你生活得快乐、充实……这些都要自己创造，自己给自己，不是上帝也不是别人可以赐予的。我寄去《北大荒人》，就是让你读后多一份闯劲。

近来，家中小阿姨已走多时，我们老两口凑合着过，有时你姑姑回来帮帮忙。小佳安心读高中。这年头能埋头读书真也不易。

爷爷雷加

1993 年 9 月 2 日

八

亲爱的苗苗：

一个人应有处事的规范和经验，还要不断总结经验。你在公司那一段，说过头儿（可能是上校）架子大，没有理你。所以你就也不理他……你完全错了。首先是你要向他打招呼（这是不可争辩的规矩，幼者向长者打招呼），然后再问有什么事要做。另外，扫扫地，至少要擦擦你用的桌子。这是一般常识。一个人要生活，不然像个死人，也不能装圣人。这一段，你在那里认识几个人呢？又交了几个朋友？至少那是一个集体。千万要处理好工作关系、上下级关系、同事之间的关系。这些关系都是两方面的，都有一定的准则，又是有利于生存的，有利于社会的。人总是社会的一员，即使你去当尼姑，也还得有个师父，还得吃老百姓的饭。

爷爷雷加

1995年12月12日

九

亲爱的苗苗：

今年我们四代人，过了一个好年。

“狗狗”（苗苗的儿子——编者注）是个好孩子。

他给我最深的印象：他找到了自己的位置。我坐第一把皮椅，他坐第二把皮椅。老者沉默居多，小者会含着奶嘴喋喋不休。他横卧时，皮椅如同摇篮，他又那么安静，一待就是个把钟头。

他的智力表现十分突出。如，他爱进厨房，不讨厌拖把，这是爱劳动的表现。以此类推，他爱水勺、锅盖、锅、瓷缸。他在厨房时，保留瓷缸，来到客厅长桌周围，把四边当成水管。这样，他的想象力完成了。他利用四角当成水管，端着瓷缸，完成了接水浇花的动作。

这是有想象力的，也是有诗意的。

爷爷

1998 年 2 月 16 日

十

亲爱的苗苗：

前几天，由哈尔滨来了两位客人，算是姑表亲。这种相聚，在以前是没有过的，算是她们把新旧世界给连接起来了。她们也就是给你带来照片的人。一个叫张菊仁，小名香子；一位叫张蕴华，小名二肥。香子七岁时我见过，一起睡在一面圈椅状的大炕上。我给她买过一个大黑绒书包，她为此感念不已，并因世上还只有我知道她的小名，而引起她无限的童年回忆。这次来，主要为了看我，也为了在我身上寻觅她的童年。这次聚会，真是可贵。你爸爸虽然英年早逝，他可是陪我跨海到过日本，又联结起新旧两个时代，该是不平凡又十分传奇的。多少年过去了，今天为了他而聚会，对你爸爸几十年后的今天该是很有意义的一件事。

因此，我想起你妈妈。多少年来她默默奉献，该是值得称赞的“好女孩”。我常常挂念她，即是为此。

我最近在写《九十留言》。这几百字，改了又改，不过是为了几件不大的事：几间住房和一大堆文稿书籍……各种赘物，不要太多太久地保留。如同我的骨灰，散入海河之中，世上不留任何痕迹。

爷爷

2004 年 6 月 18 日

附文

我的内心外人无法知晓

——赵苗致叔叔姑姑的信

大叔、姑姑、三叔：

过春节在奶奶的小屋中，你们为我的陪嫁而献出热情时，被我坚决地拒绝并以无法控制的冲动、逃跑而告终。在此，我以无限的诚意致歉！希望长辈们原谅。

自我懂事起，我一直痛心于我父亲的早逝，抛下我们母女相依为命。虽然有善良却如旅客样的爸爸，及让我与母亲操碎心的弟弟，我们一家四口艰辛的感情，外人是无法理解的，正如一直偏激矛盾的我的心理，是永远无法与人道知的。

对北京一家的你们，我一直是敬而远之的。不是我不想，而是我深深地感到它的斥力，我胆怯。也许我的语言无法正确表达我的内心，但我深知世间的亲情是永远无法替代的，就像我对王晓佳的爱。

自1989年和你们相认以来，你们对我付出了很多，无论是感情还是金钱，这都是我从来没有想过要或是能得到的。我一直是一个很悲观的人，但同时又极容易被感动与满足。

我母亲早已为我准备好了嫁妆。我需要的只是你们从心底对我无声的祝福。为了所有爱我的人的这份祝福，我为所有爱我的人祈祷。

侄女苗苗

拜上

1995年5月22日

【注】

赵苗：雷加大儿子刘立伟的遗腹子。1969年出生于西安，在山西太原读小学和中学。高中毕业后，通过自考和成人高考先后取得会计和英语的大专学历。1990年以后，曾先后在太原液压机械厂、石家庄陆军学院山西办事处和山西省中国国际旅行社海外部工作。

刘立伟：雷加的大儿子，赵苗的父亲。1934年出生，幼时曾随父亲到过日本，抗日战争初期随父颠沛流离，1938年到达延安。1945年随伊第一路行军到达东北。全国解放后在北京的中学读书，成绩优良。1955年到苏联留学，后因病回国，1962年毕业于北京大学化学系，之后分配在天津中国科学院化学研究所工作。“文革”期间，该所迁往山西太原。1968年10月，与赵福云结婚，同年12月突发急性白血病逝世，享年34岁。1969年7月女儿赵苗出生。

致刘加

一

刘加和妈妈海燕：

果然本领不小（困难也大），如来信所说，都已按计划完成了。你在我们眼中，又穷又富。穷是没有工作，富是有了自己的汽车。创业，重要的是立脚点，是基础。基础打好了，再步步为营向前走。我想，目标再难再远也会成功的。

毛毛的信写得不错，笔尖上流露出一股英雄气概。美国算得了什么？不过是你鼓点的一根木槌罢了。鼓点敲响了，所有的交响乐器都得跟着你走。足下的名牌算什么？值不了什么，走出个样儿给那些人看看，才是真的。挺胸直背向前看，这是做人的根本，这是有尊严的中国人最好的包装，货真价实的包装。这次你们母子二人同行，是母子，也是同志，也是战友。千万别破坏了这种关系。要互相鼓励，要互相帮助。你在母亲面前，应该是个男子汉，不该是一个拖鼻涕的小鬼。你妈妈打工帮你念书不容易。在美国更多的是自己打工读书，学习成才。我想你一定会做出个样来给我们看看。重要的像弹钢琴，你能比晓佳弹得好，就说明你比晓佳投入得多。道理只有一个，投入多少，决不会亏待自己。不投入，才是个傻瓜蛋。

送你们在北京机场时，我还不想念你们。现在，可是真的在想念你们了。你们孤零零地在美国的一个小城镇里，为自己的将来在筹划，在奋斗。但是，只有当一个人真正要奋斗时，才是真正幸福的。

爷爷雷加

1997 年 8 月 12 日

二

亲爱的海燕和刘加：

我首先想到的是没有人能像你那样为儿子做出这么大的牺牲。而毛毛随着你的爱护，他到美国和在国内比，完全换了一副面孔。他勤劳好学，每天背着一个大邮包为别人服务，抓住时间又潜心弹那钢琴。此时，我想到弹琴也得用力，像背邮包那么用力，这才是一种生活的平衡。

三代人：雷加与海燕、毛毛母子

我搬家了。我由东屋搬到有两扇窗户的西屋。那一天，全家动员，有指挥，有搬工，临时还请了三个小工。他们有意无意地一面搬东西，一面又给我包装。前后几次串联密谋，又会征得我的同意，整个书柜都换成新的。因此，也产生了几个扔家，大小扔家不知给我扔了多少东西。直到现在，我找不到自己的东西了。过去，一本画册，一个常用的纸夹，即可随手拿来。现在，全不见了，全不在手头了，害得我天天找东西。老年人，忘性也大，又不时地找眼镜，找钢笔。但是我一直在坚持工作。今天以前，我刚刚完成1997年最后一篇文稿《渤海印象》，计六千字，写当年我在渤海渔轮和灯船上的生活。现在的散文，只写个人的恩恩怨怨，真腻死人了。我的文章，至今还是那样的海阔天空。多少代华人到过旧金山，现在又轮到你这一代“闯关东”了。闯关东的都是男子汉，现在轮到“半边天”了。

雷加

1997年12月30日

三

刘加、海燕，亲爱的：

约定的两个月一信，收到了。

读你们的信，不但知道你们努力有加，也给我们带来了压力和干劲。

做人的最高原则和难度在于向自己挑战。尤其可贵的是母子二人合成一条心，同时举起这杆大旗。

多少人举起过这杆大旗，又战胜了自己。

我们家的老爷爷，青年时代一个人闯关东，立定脚跟，创下一番事业——成为当年一个地区的时医和名医，在某种意义上说，无疑是一名“博士”或“院士”。

这是山东人的传统，也是中国人的传统，去美洲的移民先人，莫不如此。

同时收到两封信。以后除了立宾外，给我们一家人，只写一封就够了。

10月28日是奶奶逝世周年，当日，供上鲜花，行祀如仪。

当日，立宾去台湾，甘栗去重庆，小茜去怀柔，立根又患感冒……

小芳留下来，对我十分有益。她给我许多帮助，并与我合作得很好。有了她，我可以多做很多工作。我整理材料，她替我打字。现在，她在学习，将来准备进中专夜校补习。这是她人生观转变的结果。

但是她比刘加还差得多。刘加的誓言是“全部考A”，我为他自豪。

雷加

1998年11月5日

四

刘加、海燕，亲爱的：

接到信的那一天，我马上复印了一份，原件由甘栗妈妈带走。

写信费时间，因为你们生活得很累。其实一个人喘气也是很累的。然而不喘气活不了，同时又会觉得喘口气怪舒服的。也因此，写信虽然占去了你的睡眠时间，但你写完信又如同睡完觉一般地轻松了。小毛毛，你如果不在信上写出你

刘加的爸爸刘立宾

拿到成绩单时那种激动，你又怎会得到那种自豪自信的满足呢？又假如，你如果不写这封信，不说出你的自豪自信的满足，又怎能引起我给你写信的兴趣呢？这种兴趣也来自于收到你这封信的欣慰和喜欢。你看，你这封信换来了多少东西，而其核心是你的价值取向——写信虽然占去不少时间，实际上也使你生命得到一次焕发。

你早起送报，才觉得对得起天天上岗的妈妈。你不懂就问，跟自己挑战，才得到勤学好问的名声。你又善于交际，不但学会了外语，又得到了外国同学的友谊……这样的路，这样的脚步都是很好的。我想凡是成功的人都会如此。充实了现在，也会得到希望的明天。

10月28日是你奶奶周年纪念日，那一天遗像前摆满了鲜花。可惜你爸爸去台湾，甘栗妈妈去重庆……小一辈的都来了，由立清主持了一个纪念仪式。

说起你爸爸是个工作狂，其干劲优于你。他也是个怪人，有点怪脾气，但心术好，由他身上可以汲取不竭的力量，你说呢?

祝新年好!

雷加

1998年12月7日

附文

二代移民的艰苦奋斗

——少年不知愁滋味

一

爷爷、奶奶：

我已经开学了，上高中一年级。美国的初中是两年，高中是四年。我的学校是这里第二好的高中。刚开学那几天，我有一些害怕，因为刚刚接触美国学校、学生，对在美国上学一概不知，顾虑很多。不过一切我都在慢慢熟悉，在学校也交了一些朋友，有来自各个国家的（危地马拉、德国、巴拿马，还有美国人），他们对我的帮助是很大的。我从他们的身上看到了不同国家人的优点，也学到了一些东西。包括交际、语言，等等。美国人非常实在，他们对待朋友好，有什么说什么，不虚伪不隐瞒。学习方面，我这学期选了地理、英语、几何、艺术等课程。在学习中我遇到不小的麻烦，那就是语言。我的英语基础差，学习非常吃力。好在有美国老师耐心讲解及同学的帮助，我的英语在迅速提高。几何非常简单，我只要把题目看懂了，差不多都会做。地理我在大陆学了两年。现在最主要的是快些把英语学好，我正在努力。现在练琴我是在学校里练。美国的学校真的很好，我一说，乐队老师就同意了，每天上完课以后我就去琴房练琴。在国内，要求在学校练琴，老师是绝不会同意的。我每天早上去送报纸，星期六上午教学生弹琴，每月下来也能挣 300 美元，比我老爸挣得还多。不过，送报纸是非常辛苦的工作，每天早晨要 5 点钟起床，报纸又不像中国的报纸那么轻，我送 49 家的报纸，早上背着 50 斤的报纸往山上走，一家接一家地送，相当辛苦。不过送报纸也非常锻炼人的毅力、体力、胆量，所以我决定送下去。

孙子刘加

1997 年 10 月 22 日

二

甘栗妈妈、王琪爸爸、哥哥、姐姐：

来美国已经有五个月了，一切都还顺利，每天都在匆忙中度过。早晨5点起床送报纸，8点20分上课，下午5点半至7点半去大学生家里学英语，回到家里已经是精疲力竭了。好在我已经习惯了这种生活。我用我五个月的工资买了一台非常棒的电脑，联了网，有了自己的E-mail。我现在上Highschool一年级，学习比大陆轻松多了。但是我的英文水平低，必须抓紧学英文。我想争取在一年内能看懂大部分教科书。在学习过程中，我认识了一些外国朋友，他们对我的帮助是无微不至的，教我英语单词的发音，辅导我的功课，与他们在一起的时候，心里总是暖暖的，仿佛大陆的朋友们和我在一起的感觉，使我不感到孤独。对了！现在我有了三个钢琴学生，每个周末我都要教他们弹琴，每节课10美元，三个学生30美元，再加上送报纸每月能拿150美元左右，一共270美元，这对我一个刚来美国的人来说，已经相当不错了。但是送报纸是极其辛苦、艰难的。因为早晨我要5点钟起床，每天都要去送，遇到雪雨刮风那更是艰难，可真算得上风雨无阻。不过，这样对我来说不算一件坏事，这工作锻炼我的意志、体力、胆量，也使我认识到挣钱的不易。以前，在大陆，用爸爸的钱我总是不在乎，认为大人挣钱容易。可当自己有了工作，才品味到酸甜苦辣。总之，一切都好，你们放心吧！真的很想念你们大家，希望明年能回来看你们。

祝全家新年快乐！

刘加

1997年12月13日

三

姐姐：

依你信中的要求，我在这里向你介绍一下我在学校的生活情况。我现在所在的学校，在尤金市算是不错的高中。我现在是9年级学生，相当于国内的初三。第一学期我选了地理、几何、英语、辅导、体育、艺术等课。每个星期分redday 和blueday。

redday 我有英语、地理、艺术，blueday 我有英语、体育、几何、辅导。比如说，星期一我上redday 的课，那星期二我就上 blueday 的课，是交叉上课。都说在美国上学轻松，我深有体会。一个月少说有 10 天的假日，功课也很少。虽然功课少，每天我也要花许多时间去做，但愿我能很快使英语水平有大的提高。不管怎么说，我也总算熬过了最艰难的第一学期。回想起刚来时我什么都听不懂，到现在可以看懂一点教科书，可以和外国人用英语说话，已经是不小的进步了，我也需要时间。虽然每天我都很忙，我还是会每天坚持练一个小时的钢琴。许多人对我说，钢琴是我的特长，不要轻易丢掉。篮球我不是经常打，有时候也会玩玩。我们学校的体育馆非常的大，排球、足球、羽毛球、篮球这些体育项目都可以在体育馆里进行。很难想象尤金这么小的城市的高中设备会是那么先进。虽然美国人的营养好、体力好，但我与这些美国同学在一起运动，体能速度也并不吃亏。

想你的毛毛刘加

1998 年 1 月 28 日

四

亲爱的甘栗妈妈、王琪爸爸：

说到成绩单，我很想让你们所有人为我高兴。在我所选的

7门课中，我拿了6个A和1个pass。也许你们体会不到我内心的激动，它对我来说真是来之不易！当我拿到成绩单时，我真的不敢相信我的眼睛，一股暖流涌上心头。这是真的吗？我反问自己。要知道，对一个才来美国一年多的人来说，是苦里换来的甜。英语是我的最大障碍。不管任何课，只要我不明白，下课后或课余时间，我总会找老师问，直到问明白为止。我向老师证明了我是一个勤学好问的学生。我每天生活得非常紧张，要工作、练琴，还要顾及学习上的问题。每天只有24小时，我做到了充分利用好每一分钟，使工作学习全不耽误。所有这些都是事实，妈妈是最好的见证人。还有，这学期我结识了许多美国同学，他们都对我很好。与他们在一起，可以学到许多知识，对我语言的进步起了很大的作用。每天在学校里，我都很开心，与刚到美国时大不一样了。这也许是我的转折点，各种要素都在改变。我的机遇已经来到了！我要好好利用它，考上好大学！当然，要保持三年的成绩全是A是相当困难的，但我想通过我的努力，一定可以做到。

刘加

1998年11月22日

五

亲爱的姐姐：

你问到我弹伴奏的情况。我要告诉你，I'm a excellent pianoplayer（我是一个出色的钢琴家）！12月17日，晚上7点半，在我们学校的礼堂举行了合唱演出。演出非常成功，我作为全合唱团唯一的一位钢琴伴奏及唯一的华人，我的表现受到了全场观众的肯定、合唱团的肯定和老师的肯定。当演出结束时，全体观众及合唱团的同学们对我报以热烈的掌声，那时我真的无比激动和自豪。我真的很难想到一年前我还是一个很普通的外国学生，谁知，一年后的今天，我却有了这么大的成绩。但是，那天晚上我回到家却哭了。为什么呢？因为那天我的妈妈上班没办法参加我的演出。当我看到全场有那么多的家长时，我的心里很不是滋味，因为我的孤独，因为我的成功我的妈妈没有亲身体会到。其实，我走出的每一步，都不光是为我自己争光，也是为中国人争得荣誉。我要用实际行动告诉美国人，中国人是这么的优秀。你说我想的对吗？

刘加

1998年12月21日

六

亲爱的爷爷、全家人：

原谅我晚了一点给你们拜年，但我想你们可以理解的。因为到了期末，有许多事情要做。还好，努力得到了绝对的回报，这次我又拿了全 A。数学拿了 A+，所以老师就免了我的期末考试。只是美国历史拿了 pass，因为英文的关系，这门课对我来说太难了。还好，美国老师看我如此之努力，给我了 P——通过，这样这一学期我拿了 5 个 A，1 个 A+ 和 1 个 P。美国高中每一个学期总分 4.0，我拿了 4.0！妈妈说拿了满分实在不易，希望我能继续保持下去。只有不骄傲，勤奋才可做到！我会看清这一点，继续努力。

还有一个好消息。在今年 2 月 7 日举行的全俄勒冈州钢琴比赛中，我顺利通过第一轮，等待的是第二轮（2 月 21 日）的竞争。这次钢琴比赛是全州竞争，所以我非常认真地准备了。这次比赛共分三轮。如果我可以进入最后一轮的话，我就可以拿到金牌及荣誉证书。这对我考大学相当有帮助。为我加油吧！

想念大家！

刘加

1999 年 2 月 12 日

刘加毕业了

【注】

刘加（毛毛）：刘立宾的儿子，1982年出生于北京。15岁时随母亲移居美国。在美国曾先后就读于俄勒冈州尤金市温斯顿丘吉尔中学和波特兰市日落高中。2007年本科毕业于美国俄勒冈州立大学，获工商管理学位。2008年以后先后在南京和北京工作。2010年在美国俄勒冈州波特兰市创建了开拓者国际贸易有限责任公司并担任首席运营官。2014年起就职于总部设在美国俄勒冈州波特兰市的MTI公司，担任亚太区苹果大客户经理。

刘立宾：雷加的二儿子，教授、博士生导师，1942年出生于延安，解放后从东北到北京，先后就读于北京华北小学、北京三十一中、北京十四中，毕业于无锡轻工业学院。“文革”中在山东枣庄当工人，1972年调至北京石化总厂。1975年调至《中国妇女》杂志任记者、总编室主任。1992年调至外经贸部（后为商务部）《国际广告》杂志（后更名为《国际品牌观察》）任社长兼总编辑，并任中国商务广告协会及中国对外贸易经济合作企业协会副会长。

海燕：雷加的儿媳，毛毛的妈妈。

致王晨、王晓佳

一

王晨：

你作为我们家第三代人，你第一个走出家门，闯荡世界去了。祝你有个好的起点。拿出山东人闯关东的气魄，要气吞山河，有所追求，有所作为，不要小看自己。

首先要定下一个目标，结交几个好同伴，一起向前走去。

目标是前进的方向，有好同伴，一起去干，才会众志成城。

你母亲写的那篇《十八岁》，我至今留在身边。我很喜欢这篇文章，你当然也会记得。你母亲父亲当年的那股干劲，要继承下来。且不说你姥姥和我，当年又是如何唱着歌曲参加革命的。

我们，我和你姥姥，至少，干了一些工作，又有一些好战友，只这两点问心无愧，也就终生无悔了。

爷爷 字

1991 年 9 月 26 日

二

小佳王小姐，你好！

有些事的变化，并非你我所想的，甚至相反。

比如，你父母过去长期分居，尝够了分居之苦。尤其你爸爸在部队里，星期天不得回京，一个人逛商店，来回转着不走，也不怕引起别人疑心。这种境遇，真的十分可怜。

现在不同了。你爸爸退休回到北京了，两个人不再分居了。现在北京有了很好的住所，生活方便了。他们永远不用担心“分居”的事了。

但是你妈妈现在比任何时日工作都忙，经常出差，成天不回家，你爸爸一个人空居一处。不用说，整天没有一个说话的人，一天连一顿饭也吃不上。一个人孤零零的，连逛商店的力气也没有了，你看这又是多么可怜。今天可好，到了右安门，竟对小芳大谈他过去连队的故事和笑话。环境变化之后，其反差竟如此之大，这真使人感叹。

爷爷

2001 年 8 月 25 日

三

小佳王小姐：

前几天，忽然慕尼黑来了电话，你会猜是小曼，却不会猜出她提出了什么。电话不长，对话也短，归纳起来，她叫我到汶阿姨（汶漪，母亲伊苇的湖南老乡，老朋友——编者注）那里去住住。好像她以前也有这个意思，但这次如此直接明确。我还没有正式回答之前，她忙说，你答应了，那么就这样吧……

过了一天是周六，立清回来也说小曼同时给他打了电话，她说得更不含糊，竟叫他从旁促成此事。

我不便表示什么，只想听听你的反应。

爷爷

2001 年 8 月 30 日

四

小佳王女士：

谈谈今年出书事。

今年是我的丰收年。

除了“文集”，我已出了三本，还有一本待出。每本书我都满意。第一本《雷加作品自选集》，由作家出版社出版，印数三千，这是目前理想的数字。它属于《二十世纪留言文学丛书》之一，与刚刚退休的杂志老编辑为伍，或者说，我沾了他们的光。

第二本，有关我的评论集——《生活与美》，书名满意。封面插图满意。那是烈士张露萍的画像，周思聪作。这幅画像传神之处，看了它就想起延安的“女兵”。其中当然也有你姥姥的影子。它又是你妈妈所编，已经有人写信赞她做了一件大好事。

第三本，叫《六论》，系十年前厦门大学中文系毕业生六人所作。现在的中国文坛没有风向标，而这六位同学竟论起一个解放区的老作家，真是难能可贵。当年无条件出版，今年我出资找一家机关内部印刷部门印了出来。虽是非卖品，也获得一些人的好评。

待出的一本是日记书信选，约四十万字。它与众不同的是它讨论到我专攻散文创作之路。我的路当然与众不同。

问题是你如何才能读到这几本书？又不知你的感觉会是如何？

爷爷

2001年9月10日

五

小佳王女士：

过去出书似乎有章可循，反过来说，今天不一样了。过去各协会每年都有推荐书目，出版部门也自然会找上门来。今天则得靠钱又得靠机遇。

《自选集》的出版完全靠机遇。这部书早已编好，书稿包扎起来放在门后书架上。忽然我的思想开放了，心想为何不自费出书呢？高桦知道有套丛书也已经编好，经交涉出资两万插了进去，仅月余就出版了。钱是由我拉赞助弄来的。

闸门一打开，就收不拢了。我想存钱何用，何不拿出来出书算了。于是拉赞助二三万，我又拿出二三万，这样，不到半年几本书陆续出世了。第二本，高桦要的书号费，第三本是在机关内部出钱印刷的。这一切，又看出来，除了拿钱还得靠人情和运气。

思想开放也与改革开放的大局有关。从前拘泥于常规，觉得拿钱出书不合规矩，也不体面。而今，思想开放之后，那些常规又觉得十分可笑了。不过由北京出版社出版的《雷加文集》不但不付钞，出版社还给稿酬。仅仅守住这一条，也算保全了面子。

爷爷雷加

2001 年 9 月 11 日

六

小佳王女士：

大约是几年前装第一台空调时，小芳刚来不久，对我还不熟悉，自然感到新奇，有所观察。下面是她的小文，写的不错，兹录如下。

2001年9月12日

附文

小芳的短文

初次见他时，他在书房里忙着当“监督官”。他的书房里除了四周摆的高高的几个大书柜外，其他大大小小、有用没用、贵重不贵重的各种小东西把所剩不多的空间几乎全占去了。又因有人在他的这样狭小的房子里装空调，这个“监督官”他就不得不做了。这也是他的习性，不管工程大小，大到装修房子，小到换个水龙头，他都愿意在旁边当个义务监督官，而且在当监督官的同时还学着徒，连珠炮似的问题不断地向工人师傅请教着，也许这就是跟我的这位刚结识不久的作家爷爷经常深入基层生活有关吧！这也就不难看出他是一位非常热爱生活的老人了。

虽然他的腰已不那么直，腿也已不那么直，头上也是白发多于黑发，老人斑亦长了不少，走路也不再坚实有力，眼睛上的眉毛虽很浓长，但已是灰白了。不过，他的两眼仍然炯炯有神，有着大大耳垂的耳朵也不很聋，声音也仍铿锵有力。只闻其声不见其人时肯定不会相信他已是位八旬老人了，就是看到本人时大概也不是每人都相信吧。总而言之，整体看上去人依然是很棒的。

刚开始接触，觉得这个老人很和蔼可亲、大方，也不乏幽默。与众老年朋友不同的是，他这么大的年纪了天天还伏在桌子上除了看书读报就是不停地写着。像老年人的下棋、打牌等他是概不参与的。唯一的娱乐就是晚上看会儿电视，也只看新闻、体育、时装表演类的节目。

人是不会没有缺点的，当然爷爷也不能例外，他的最大缺点是：一性子急；二脾气燥。他要是要求你帮他办一件事，你没办好，或是办砸了，或给忘了，得，下边有你好果子吃了。

他不听你解释，就气呼呼地朝你吼。再者，他就不搭理你了，再说好话也没用，还是自个儿躲边上赎罪去吧！

小芳附笔

晓佳姐：

其实这个小文你已经看过了，但爷爷非让我再发给你，说是要保存，我也只得照办了。它本是我两年前一个中午闲着没事儿，想起阿姨经常跟我说："学着写点东西，日后都是有用的"，我不知怎的，突然想起，刚来时看到爷爷的情景，一下子就写了这么两段。拿去给爷爷看，本想逗爷爷乐，谁知爷爷看了特喜欢，直到现在也没忘。

现在叫我看，我都觉得特别不合适，因为现在我眼中的爷爷和那时已经大不一样了。经过跟爷爷在一起的这几年，让我更深入地了解和认识了爷爷。爷爷是一个伟大的爷爷、可爱的爷爷，是一个值得每一个人尊敬的爷爷。

小芳又及

【注】

小芳：常雪芳，河北赞皇人。17岁时到家里帮助雷加料理生活。在雷加的支持鼓励下，利用空余时间补习高中课程，完成财会专业学习和成人高考，自修计算机课程。八年后，进入社会走上工作岗位，工作认真努力，逐步成长，现进入企业中层，任财务主管。她常说，在爷爷雷加身边的八年，改变了她的人生命运。

七

小佳王女士：

我的“天职”只剩下读报和看电视了。奇怪的是，不论报纸或电视，几乎看过就忘。我又不同于盲人，盲人是有记忆的。

又不同的是，每天早晨一起，总是茫然，不知干什么好，不，吃过早点，唯一祈求的是看报。这时，我总是喊：“小芳，报，水。”水是开水，要泡茶的；茶却不一定非要好茶，要味浓的，越苦越好。这时脑子机件不灵了。过去很好，鸡毛蒜皮，一想就想起来了。现在总是过了好久，才想起一件事或一个名字。这几天，我的《日记书信选》校样送来了，我发现其中好多事我都忘记了。这也好，这本书变成了我的亲人，无事翻翻它，它会对我说些我记忆犹新的话。这些日子，我已习惯了在我枕头旁边放三本书——就是新近出版的《自选集》《生活与美》和《六论》，看完报翻一本看看。不论我自己写的，或是别人说的，我全忘了，全是新的。这可以引起我莫大的兴趣。像读别人的书，又是自己熟悉的，这种感觉真是再妙没有了。请注意，这种感觉只有老年人才有，青年人也许还享受不了。受此启发，上边说的几本书，再加上不久将要出版的文集，把它都放在我的床边，我从其中自得其乐。缺少什么，什么也不缺少了，这还不是挺美满吗？

我的晚年也许真的就是这样，挺美满的。

爷爷

2001 年 10 月 20 日

八

小佳王女士：

上信所说的是我晚年所感受的。今年出版的书都是我的反刍材料。这种反刍是必要的，也是值得欣慰的，因为它无愧无悔。我经历了一个东北人所应该经历的，经历了值得千年忧伤的“九一八”、“七七”事变北京城头的炮声，此后是全国大游行，全国大反抗的歌声……这些我都亲身经历了，是亲身体验的见证人。有些是我争得来的剧中人的身份，如1938年半年的冀中敌后生活，1945年一个造纸厂的诞生和它的撤退的命运，以后是终其一生的创作旅游生活，它从东到西，从城市到农村，它走进了时代生活和建设生活之中。我走遍了全国，却不曾去过泰山和黄山，这可能也是我的某种缺失和遗憾。

雷加

2001年10月24日

九

小佳王女士：

还是接着上信谈。所谓“反刍”，亦即反馈，人的一生，总要反馈一下。日记书信都是反馈的上好材料。我很看重将出的《日记书信选》。

提起书信，这次赠书之后，部分人给我写来回信，这也是重要反馈内容。摘录几封如下：

一、绿原（七月诗人）：你的文章与人民生活和大自然连在一起，有持久的可读性。

二、苏予（原《十月》主编）：这应该题作“雷加的世纪留言”，选得很精。我羡慕你在观察和写作中那种艺术的敏感和表现力。

三、碧野：读了你的名篇《火烧林》，深为赞赏你的思想超越，感情丰美。

四、王家斌：寄书收到，读后心情颇不平静。内文虽多已熟悉，仍觉韵味无穷，何况，有些又是初读。而厦大师生的《六论》，就更令人欣慰。《生活与美》则是你的生命求索。你的文笔美，也是文坛公认的。

五、李国文：读你的作品，也就可以粗粗了解你的足迹所至，革命燃烧的一切，和共和国成立前后的一段历史，书成史在，文章的历史价值也就体现出来了。

六、徐怀中：你的《自选集》十分精粹，只此一本参加《二十世纪留言文学丛书》，更显得结实有分量。《雷加研究》编得也相当紧凑，书名也好，《生活与美》概括了你的创作主旋律。

七、菡子：我最佩服你、羡慕你的有，一是你什么地方都到也都写了，写的评论文字，和六人毕业班的论文和那位指导老师也非寻常。王治平的一封信，也使我震动。二是你利用一切时间读书吸收古今中外名著精华，自有自己的创见。文字的朴实精彩，无与伦比，你有不少忠实的读者，又有接班人为你编书出书……

十

晓佳，亲爱的妹妹：

听说，你于12月回京探亲。我才恍然大悟，原来我的外孙女远在千里，而不是我这里弄弄电脑，你就可以听见我的声音。原来是那么远，你又离开北京好多日子了。你会整天忙忙碌碌的，流连忘返。可是，时间是个怪东西，时间越长，思念又会越来越沉重。现在你也许急于回来，我们也急于看见你。现在，从现在起，我可要改称呼了，不再叫你王女士了，而是小鸽子，我想念的小妹……

雷加

2001年10月30日

十一

亲爱的、亲爱的晓佳：

我一直好像在追踪什么，而又无所见。这只是一个影子，它在眼前晃来晃去，却又不成形，不时地引逗一下，又不被人捉到，随后一直忽忽悠悠，什么也没有留下……这是什么？又不时地想起它，又无所获……这个时期以你在北大“活报剧”的演出，或者你有一次要为别人拍结婚照为最。当然，结婚照没有拍成……但是那时虽未拍成结婚照，却又虚幻地好像在大北照相馆橱窗内存在过……就这样，时隐时现地，存在着，消失了，消失之后又在眼前时时成像。……在我追踪之时，仿佛也看见了一条线，其中充满了不被理解的痕迹，那是兴之所致，没有必然性，说不出其中的含义。……你在国外也是如此，今天法国，明天英国，其中也有捕捉得到的影子，那就是你为什么要寻找一个“名不见经传”的某个岗位，不惜精力地去打电话，去寻找一切成功的机会。比如，有一次，你本要提前回国休假的，可是又无比执着地去争取一个实习的机会……至此，那埋在混凝土中的钢筋终于显示出来了……但是，你的前进方向仍然充满了

王晓佳在法国留学

迷惘。你回国后又将如何起步呢？目标明确了吗？你为之前进的勇气是哪里来的？你前进的目标如何由海市蜃楼逐渐变成蓬莱仙岛呢？我现在可以说，你一直是有所追求的，不过不为人所知罢了。你是一直奔向一个既定目标的，这条路真的能够如你所愿成为现实吗？假若遇到困难，你的退路又是什么？好像你的目标虽已锁定，但又是不确定的，如同你前进道路上充满了无数的幻象。但我同时也相信：你有一股韧劲，一种向前奋进不辍的勇气，或者说，你有勇气，但也充满了变幻……

所以，你的路尽管必然成功，但道路并非是正规的、安全的、稳定的。因之，我对你抱着坚定的信心，更多的又是爱心的期望和信心的保证。

我一直这样追踪着，以后还是在追踪着，一直到……一直到最后……

这封信充满了真情实爱，相信吧！

小不点的爷爷雷加

2003 年 2 月

附文

留学欧洲

——王晓佳闯荡英法

一

亲爱的爷爷：

大家都好吧？有没有想我啊？

我住在巴黎三环附近，不算市里，但空气清新，环境好，公寓，单人间2560法郎一个月，包早餐和每月20顿正餐（可以中午吃，也可以晚上吃）。正宗的法国餐：自选小碟的蔬菜、沙拉、甜品、奶酪、水果和一道主菜——鱼肉、牛排或猪排配奶油黄瓜什么的。我好像没有时差，在这里和北京作息差不多：十二点睡觉，八九点起床，所以总赶不上六点半至八点的早饭。

我们住在地下室，这层有一个双人间和两个单人间，有厨房、卫生间和浴室。每个房间有一个大落地玻璃门，门外还有一铁门，很安全。门口是草地，夏天可以躺在上面晒太阳。公寓有时会组织活动：晚会、跳舞、参观等。

好在我学过法语，否则我想我决无勇气来这里，虽然在法国不会说话也能活下去。到法国的第一天，我们就被扔在了街头，在地铁站的地图前琢磨了半天，买了车票，坐到火车站，换了火车，在“凄风惨雨”中饿着肚子回到了家。巴黎交通网十分复杂，但这几天我去超市、去中国城买电话卡都没走错路或坐错车。

很了不起呢。

爱你的妹妹

2000 年 11 月 30 日

二

亲爱的爷爷、爸爸、妈妈、哥哥、嫂嫂、小芳：

大家过年好！

有电视的日子真幸福。虽然只有六个台（在法国有六个台是免费的，可以每月付一百多法郎装卫星电视，有一百多个台），但总算和社会同步了，仅从广告就可以获得很多信息呢。现在的人真缺不了信息。我今天的课是网上贸易，觉得虽然在中国，越来越多的人上网，开始网络生活，但是要建立和完善中国的网络贸易体系，还有很多很多事情要做，又有很多陈旧的观念和做法要打破，我想这对未来的生活很重要，对未来的中国和世界同步很重要。

2000 年 12 月 31 日的晚上，我们 9 点多出发，去埃菲尔铁塔，10 点多到的时候，已有很多人等候在那里，可以买焰火自己放。我们淋着雨，还要时刻小心有人把燃着的炮仗扔到我们脚下，我亲眼看到一群女孩子被坏小子扔过来的炮仗吓得四散而逃。等我们在铁塔下找了个安全的地方站好，也被雨淋得差不多的时候，新的世纪开始了——在 12 点钟那一刻，原本被黄色灯光辉映的通体金色的铁塔，闪起了蓝色的光，绚烂极了，所有的人都欢呼起来。之后，我们怕赶不上末班车回家，就赶紧往附近的地铁站走，我们还是忍不住不断地回头看金蓝色的埃菲尔铁塔。路上的人戴着奇奇怪怪的帽子，喷着香槟酒，喊着“新年快乐”，当然是用法语，也有法国人用中文对我们说“你好”。

地铁站很快就被上千人挤得水泄不通，但大家还是比较有礼貌的。我身边有三对情侣，都是白人和黑人的组合，他们亲来亲去，足有四五十分钟，好像是闲着也是闲着，以此消磨时间。我们就只能干等着，等了一个多小时，才来了辆地铁。我们幸运地挤了上去，可到中转站的时候，地铁关了。我们只能继续冒雨前进，想找辆出租车，但满街都是抢着打车的人，而几乎看不见空车。我们又跑到饭店门口，想贿赂贿赂门童，帮我们叫辆车，可发现人家自己还忙不过来呢。一计不成又生一计，我们又往前走，想找家咖啡馆，好歹熬到 5 点半有了地铁就可以回家了。然而路边的小馆都挤满了回不了家的人。已经是半夜 2 点多了，雨一直在下，越来越大，我的羽绒服都快湿透了。但我心里总觉得事情不会太糟糕。果然，我们走到一个大型商业中心门口时，我瞥见里面坐着许多人，我们便也走进去，发现这个好大的商场里到处是回不了家的年轻人席地而坐，坐烦了还可以转转看看，商场里全是一家一家专卖店，锁着玻璃门，但是看看精美的橱窗也是好的。我眼尖脚快，占了一块宝地（一个男装专卖店的门口），正好能容下我们三个人，还背风，稍微暖和一点。一坐在地上，茹立佳就睡着了，我则为这样不同寻常的经历兴奋不已，还留了张影。大概三个小时后，我们终于坐上了回家的车。

2000年12月31日新年之夜王晓佳在男装商店门口等车

妈妈说我是幸福的，我总是在做我想做的事情；我觉得爷爷也是幸福的，爷爷也一直是在做自己想做的事，而且现在还有那么多的书要出，我真替爷爷高兴。我的幸福大部分是所有爱我的人赐予的，还有一部分归功于我的性格；而爷爷的幸福则完全是靠自己的执着和不懈努力才能得来的。

爱你们的妹妹

2001年1月4日

三

亲爱的爷爷：

我已收到托人带来的两本书：《生活与美》和《雷加作品自选集》。封面设计精美而简练，传统而现代。我正在读那本自选集，因为里面编录了很多我从小就听说而从未读过的文章。阅读的过程是不同的时间与空间的交汇与撞击。我也在认识和了解23年来我所不知的爷爷的另一面。于是我在想，世上真的有谁了解谁吗？即使是子女也可能并不知道父辈的历史。

我看爷爷的作品自选集，读那些写于1978年——我出生的那年，以及更早的文章，真有一种跨越时空的神奇感觉。说实话，爷爷经历的时代是我们这辈人不可想象的，又是让我们羡慕不已的——可以见证那样的历史，感受不断变化中的世界，再用笔划过历史。历史最终的不可忽视的应该是创造历史的人们的精神吧。虽然没有读过很多爷爷的作品，但我每次在阅读的时候都能够强烈地感受到人物的“精神”所在。那么，爷爷一定觉得现代人的生活太自我了吧。

爱你的，妹妹

2001年9月24日

四

亲爱的爷爷：

收到这样的一封信，我该怎样回答呢？信中充满了爱意、理解和抹不去痕迹的担忧。

有的人在18岁考大学的时候就决定了这一辈子要做什么，是好事还是坏事？因人而异，这和18岁就结婚差不多，有的相敬如宾、白头偕老；有的将就将就，凑合凑合，也是一辈子。

我以前没有做成什么决定了我在做什么：没有考音乐学院，所以没有搞音乐，而考了大学。没有规规矩矩念书而是有了第一个男朋友，所以报了北大要给大家看看有男朋友也能上大学。没有考上北大经济系，所以现在会讲法语。没有去考北京电影学院导演研究生，所以没搞艺术，学了商业管理。

如果在25岁的时候已经证明了我可以弹钢琴，我可以演戏，我可以讲三种语言，我可以搞商业，别人找不到工作我找得到……那我相信自己在35岁的时候可以证实更多。其实重点不在“证实”，而是发现与体验。

我在经济上不独立，但在精神上没有了以前的依靠：这是王琪、刘甘栗的女儿，北大毕业生……在国外，我就是我，谁认识我？谁在意我？我什么也不是，全靠自己告诉别人我是谁。刚刚和一个去了加拿大的朋友聊过。她讲到了加拿大才发现在国内时莫名的优越感，以至都不知道自己姓什么了，真有意思。以前中国人出国“淘金”，现在中国人出国是为了“吃苦”。

我很庆幸自己学了现在的专业“买手”，实际上这是在时装业里非常关键的人物。她要负责从时装潮流预测，市场定位，产品初步设计，订购产品与供货谈判，质量监督到产品定价，也就是把“概念”实现为“商品”，还要卖得好，赚到钱。这套系统复杂而有序。这套系统在欧美已经很完善了，中国才刚刚起步，估计在将来五到十年会慢慢完善。一位在上海的朋友请我去做买手经理，但是我觉得我还没有实践经验，目前还担不了这个角色。我想在国外积累更多的经验，一天的工作胜过一个星期在学校的学习。我现在在店里打工也是在积累第一手的经验，因为我知道将来的某一天，也许在我 35 岁的时候，我会有自己的时装公司。我要在这之前给别的公司打工，观察，学习，积累经验。

这是我自己的计划，我还有些别的想法，恐怕要等我有了

学习时装买手的王晓佳在英国商店里实习

一定资格了才做得了。比如说，2005年以后，全世界90%的服装是中国制造，我想帮助中国的生产商包装、销售自己，我以买手的经验帮助他们了解欧洲销售商在寻找什么，如何和他们谈判。再比如，帮助中国完善时装潮流预测系统，将有助于中国的设计师、面料设计生产商及服装生产商。然后等我五六十岁了，我要去服装学院讲课。

好远好大的计划，随时会变。但我知道我目前要的是什

亲密的祖孙

么，是最重要的。我在5月底就要毕业了，我有可能去一家很大的高级百货公司实习，同时我也在寻找别的工作经验。

爷爷问得好，我的勇气从何而来呢？我的回答是，这勇气大部分是从你们那儿而来的。我常常在梦里看见你们，爷爷和姥姥，爸爸妈妈，还有大舅。哥哥总是在我梦里开车来接我。还有恐怕就是我的本性难移了——我喜欢追求新鲜，不同的经历，喜欢比别人强，喜欢比别人做得好——嗨，就是从小被形容的“争强好胜”吧！不过，我现在内敛多了。强，不一定总是要摆在表面上嘛！

想你的孙女

2002 年 12 月 12 日

五

亲爱的爷爷：

今天是您的九十大寿。我从遥远的英国寄来祝福。

当我四年前离开家的时候，您是我最舍不得离开的人。如此的牵挂并未被时间或时空冲淡。右安门是我在梦中回到的家，也是在我的梦里唯一能找到的家。在那里，我和您之间的对话继续着。我对您讲出了从未当面讲过的话：亲爱的爷爷，我爱你！

您是否也这样牵挂着我呢？

爱你的孙女，王晓佳

2005 年 1 月 18 日

【注】

王晨：雷加的外孙，王琪、刘甘栗的儿子。1973年出生于北京。初中、高中就读于北京师大一附中。1995年毕业于北京大学国际经济专业。一直从事国际旅游工作。

王晓佳（妹妹）：雷加的外孙女，王琪、刘甘栗的女儿。1978年出生于北京。初中、高中就读于北京师大一附中。2000年毕业于北京大学西方语言文学系。曾先后在法国、英国和美国学习工商管理和艺术设计，获硕士学位。回国后，曾先后就职于美国阿迪达斯和法国迪奥公司。现自主创业，从事家居装饰设计和服装设计。

编者后记

2001年，国际文化出版公司出版了一本《雷加日记书信选》。书中日记部分由1987年（雷加72岁）至1996年（雷加81岁）内容组成。日记选编的主要内容是写作、外出、与作家和研究学者的交流往来以及出版等事项。书信部分由1978年至1991年的书信组成，信件总计近三百封，主要收信人有作家丁玲、菡子、胡风、马加、王家斌、牛汉等；文学研究者李文瑞、康平、张春宁等；还有一些出版界的同人和友人，总计一百三十余人。这些信件的主要内容是与作家朋友讲述文学创作过程和想法，与学者进行文学观点的讨论，向友人介绍外出经历，谈新时期遇到的新问题，尤其是“自费出书”中的各方面的微妙关系等。这本《雷加日记书信选》由雷加自己精心编选，有自己明确的观点，针对性鲜明，具有一定的文学史料价值。

2009年父亲雷加去世后，我在继续完成整理有关资料工作的过程中，与中国现代文学馆和有关出版社合作，陆续编辑出版了《时代歌者——纪念雷加》《阅读雷加——一个作家的人生画传》《雷加文学谈话》《纪念雷加百年诞辰》等书。又协助云南人民出版社、辽宁春风文艺出版社出版了《白马雪山　碧罗雪山　四莽雪山》、《水塔》(雷加抗日战争时期小说散文集）和《四十年间——雷加回忆录》等。我该做的，能做的，似乎都做了。最后一件事就是完成这本书——《雷加家书》了。

家书的第一部分《大地如是说》和第二部分《二十五信》是由父亲雷加生前自己编辑并亲自命名的，他很认真地对待这件事，为这两部分分别写了“引言”。我在这里所做的是为第一部分《大地如是说》增加了一个“女儿的话”，专门介绍了收信人——我们的母亲伊苇。

家书的第三部分《父爱如山》由我编辑。

由于“文革”期间家中所有信件尽失惨痛，“文革”后，从 1976 年开始，父亲把所有他发出的信件都不厌其烦地抄录在一个个标准的大本子上，起名“信件”。父亲生前亲自主持把他的有价值的资料全部移交给中国现代文学馆保存，当然，这十几二十本“信件”的大本子也不例外，我负责具体操作。因为感觉到家书中浸透父亲的心血，极其可贵，我把信件大本子上的父亲致儿女孙辈的信全部复印留存。幸亏我当时有心。这就是我手中之所以保存了这些信件的由来。而细心的父亲基本完整地保存了多年来儿女孙辈从四面八方写给他的信。每当我看到这些往来的信件，洋溢于心的常常是刻骨铭心的感动。

承高桦大姐帮助，感谢文化艺术出版社惠爱，《雷加家书》得以面世。祈望传承于这个家庭数十年的精神能够不断发扬，祈望父母的在天之灵安宁。

刘甘栗

2019 年 5 月 12 日

图书在版编目（CIP）数据

雷加家书 / 刘甘栗编．— 北京：文化艺术出版社，
2019.10
ISBN 978-7-5039-6770-2
Ⅰ．①雷… Ⅱ．①刘… Ⅲ．①书信集－中国－当代
Ⅳ．①I267.5

中国版本图书馆CIP数据核字(2019)第182648号

雷加家书

编　　者　刘甘栗
责任编辑　蔡宛若
书籍设计　姚雪媛
出版发行　文化艺术出版社
地　　址　北京市东城区东四八条52号　（100700）
网　　址　www.caaph.com
电子邮箱　s@caaph.com
电　　话　（010）84057666（总编室）　84057667（办公室）
　　　　　（010）84057696　84057699（发行部）
传　　真　（010）84057660（总编室）　84057670（办公室）
　　　　　（010）84057690（发行部）
经　　销　新华书店
印　　刷　鑫艺佳利（天津）印刷有限公司
版　　次　2019年12月第1版
印　　次　2019年12月第1次印刷
印　　张　9.25
字　　数　200千字
开　　本　880毫米 × 1230 毫米　1/32
书　　号　ISBN　978-7-5039-6770-2
定　　价　48.00元